मुस्कुराता सच

मुस्कुराता सच

लेखक
वन्दना गिरधर

Worldwide Published by
Pendown Press

PENDOWN PRESS

An ISO 9001 & ISO 14001 Certified Co.,

Regd. Office: 2525/193, 1st Floor, Onkar Nagar-A,
Tri Nagar, Delhi-110035
Ph.: 09350849407, 09312235086
E-mail: info@pendownpress.com
Branch Office: 1A/2A, 20, Hari Sadan, Ansari Road,
Daryaganj, New Delhi-110002
Ph.: 011-45794768
Website: PendownPress.com

First Edition: 2015
Price: ₹279/-
ISBN: 978-93-83921-70-6

Layout and Cover Designed by Pendown Graphics Team
Printed and Bound in India by Thomson Press India Ltd.

दो शब्द

कुछ कहानियों के अंत के बारे में सोचते-सोचते हम खुद ही को उसी में ढूँढ़ने लग जाते हैं, मगर वे कहना क्या चाहती हैं ये दिल समझ कर भी समझ नहीं पाता। पारस से परछाईं तक का हिस्सा हमारा ही होता है, मगर उसे अपने ही किरदार में सोचना नामुमकिन है, कुछ सच सामने होकर भी अधूरे दिखते और सिर्फ हम उसे अपने आप से बाँटते हैं। सच को सामने लाने के लिए कितनी यातनाओं से गुजरना पड़ता है आप सभी को पता है।

कुछ निखरते हैं, कुछ बिखरते हैं, कुछ प्यासे और कुछ अधूरे और उज्ज्वल होकर उजाला कर जाते हैं, इन्हीं से परिपूर्ण होकर अद्‌भुत और अदृश्य कहलाते हैं।

मुझे मंजिल तक पहुँचने के लिए आपके सहयोग की जरूरत है और रहेगी। कभी आँखें गीली कर जाएँगी तो कभी मुस्कुराती छोड़ जाएँगी और सच, कौन जाने कितनी लड़ियाँ आपकी हकीकत से रू-ब-रू होंगी, कौन जानता है? उम्मीद करती हूँ मेरा यह सृजन भी आप सभी के लिए न केवल प्रेरणाप्रद होगा, बल्कि जीवन के हर कदम पर अनमोल साबित होगा।

विषय सूची

साक्षरता

किस्सों के हिस्से बनना कोई बड़ी बात नहीं है। हकीकत का सारंग, सच को ही निगल जाता है। साकार को रूप देना साक्षरता कहलाती है और जिसे हम अनदेखा नहीं कर सकते। जिस्म से रूह को अलग करना सबसे बड़ा झूठ है। झलझलाहट हिलोरें लेती है, हलक से हिचकी को निकालना नासमझी है, जो है वो हमारा अपना है, मगर अपनेपन का हिस्सा नहीं।

आकार को सही दिशा देने के लिए विचारों में भी जंग एक सच है, तभी जीवन जज्बातों से दूर भी है और इसके आधीन भी।

☺☺☺

दिल्लगी

दिल तेरे नाम से ही धड़कता है। तू अमानत है किसी की तो क्या हुआ, प्यार पर बस किसका चला है। आहटों पे यकीन होने लगा कदमों की पहचान माफी है, मेरी दिल्लगी लगाव से जुड़ी है। जुबाँ पे लगाम जायज कहलाती है। सांसों की आवाज खुद को सुनाई दी। धड़कन से पहले दिल संभल जाए यही काफी है मेरे लिए। दिल पर काबू किसका हो सका है, अक्सर बेकाबू ही रहा है, जो कभी गलत और सही का प्रतीक है।

दिल दस्तक की ताक में रहता है तभी तो धड़कन के आधीन रहता है और धड़कता भी हर एक के लिए नहीं, बस यही अदा तो दिल को दिल से जोड़ती है।

☺☺☺

संघर्ष

साधारण से संघर्ष करते-करते तब समझ आती है जब अग्नि के गोले हमें काटने को आतुर हो जाते हैं। कभी-कभी सब उगलने का मन होता है, फिर अचानक ना जाने कहाँ से संयम दरवाजा खटखटाता है, दिल दिमाग पर हावी होकर दोनों को संयम में कर देता है, जिस पर हमें भी हैरानी होती है। हथेलियों की रेखाएँ जब आपस में भिड़ती हैं तब पता चलता है किस्मत का यही हिस्सा तो हमारा अपना है, बाकी सब तो हेरफेर है।

हर हरारत हरकतों को अपनाती है, तभी तो अपने और अपने किसी खास के साथ जुड़ती है।

☺☺☺

छलावा

अहम् कोई एक बनता है और आदत किसी एक को लगती है। अजीब सी स्थिति हो जाती है स्थिर बने रहने के लिए। हमारे किसी अपने के पास मन कैद होता है और सच का दायित्व धीरे-धीरे मंद पड़ने लगता है। जताना गलत नहीं बल्कि दिल ही दिल में गलना और गलाना दोनों ही मन्द पड़ जाते हैं। गलती से हम सच को नकार सकते हैं मगर उसके परिणाम को नहीं। जो सबको दिखता है और दिखाना भी पड़ता है, कुछ हद तक सही और कुछ हद तक गलत भी कहा जा सकता है।

शायद थोड़ा बहुत छलावा चलता है, मगर क्यों?

☺☺☺

मोहरा

अरसा हो गया, एक सदी के बाद अरदास फरियाद में बदली और ना जाने कितने रूपों में पनपने लगी, प्रकाश की चाल सवेरे से उलझने लगी। उलझन तभी तो अपनी लगने लगी, तभी प्यारी भी कहलाने लगी। कर्ज की हँसी से अच्छा शांत होना है, मगर फिर भी बनावटी मुस्कुराहट को ही मोहरा बनाना पड़ता है। हमारी फितरत फरार नहीं हो सकती, क्योंकि ये नियति के विरुद्ध है। विचारों के युद्ध में खुद ही से हाथापायी करना अनिवार्य हो जाता है और खुद ही के विचारों से लड़ना पड़ता है।

आओ बैठो मेरे पास, फिर कुछ पल बाद चले जाना। सांझ को देख लो आज हमारे साथ। सुरमई घड़ियां तो बिता लो, सिंदूरी मौसम, हर नखरा तेरा सहेंगे हम। कुछ घड़ियां तो बिता लो हमारे संग, फिर कुछ पल बाद चले जाना। फर्श पर अर्श गिर रहे थे, खुद ही से झेंप गई।

☺☺☺

पुलकित

इकरार और इजहार का मौसम बदला, मैंने दिल उसके नाम किया, कल का आंगन आज आशियां माँगने लगा। इन्सानियत का खेल तो बहुत पुराना था। तकरारों में उलझा हुआ था। उलफत में बदलना आता है। मायूस होकर मन्नतों पर टिकना पड़ा। सुलझाने का मौका कभी ना कभी तो पड़ता ही है, मगर निर्धारित मनसूबों की खानों में से निकालना कहाँ आसान होता है।

धूप की किरणें भी धड़कती हैं, तभी तो ना जाने कितने मौसमों का परिधान पहनती हैं। ये सच सबको पता है, किरणें संवरती हैं और सौंदर्य से सदा परिपूर्ण रहती हैं। प्रकाश की चाहत में परिश्रम कर-कर के खुद को प्रज्वलित भी करती हैं, तभी तो कुदरत की रानी कहलाती हैं। ना किसी से आगे बढ़ने की उत्तेजना होती, कभी बुलाती, तो कभी खिलती। यही अदा तो हमारी छटपटाहट कहलाती है, तभी तो किरणों की ओट में कार्यशील रहती है।

प्रकृति का हर पड़ाव पुलकित होकर सुगंधित रहे तो कितना अच्छा और स्वाभाविक लगता है। ऐसा भी कभी-कभी होता है। ☺☺☺

प्रयत्न

जवानी जीने के लिए बार-बार उकसाया गया, फिर भी रहा पराया का पराया। उधार का यौवन और हरश्रृंगार इतना बेशकीमती है, असर तो देखने पर ही दिखेगा। क्या लाजवाब, दलीलों के अंदर के प्रश्न और उन्हें सुलझाने के कितने जतन। सब हो जाता है, पुलकित होकर प्रयास करने से सब निपुण हो जाता है और अंत का जायजा अपने आप लग ही जाता है। जंग की जरूरत, जिज्ञासा की जननी की जरूरत, सभी का प्रचलन प्रतीक्षा में रहता है, प्रयत्न करने पर ही परिपूर्ण होता है।

प्रमाण की जरूरत हर प्रयत्न पर हावी होती है तभी आधी होकर भी पूरी ही कहलाती है।

☺☺☺

बेलगाम

बेलगाम जुबां के जलील वाक्य और उन वाक्यों पर प्रश्नचिह्न का निशां ना किसी के रुकेगा और ना कोई रोकेगा, क्योंकि उसकी लगाम इंसान के हाथों में है, जिसको बिगाड़ना और संवारना उसी का नजरिया है, नजर से गिरना खुद को शर्मिन्दा करता है और जुबां से गिरना आत्मग्लानि का स्वरूप और रुख दोनों का संकेत है। ये कर्म करने वाला ही जानता है कि उसका इस्तेमाल उसने किन रूप को ध्यान में रखने के लिए किया है।

जुबां की सादगी, सारथी की जरूरत, साथ होकर भी संगदिल की कसक। खास होकर भी खेलती नजरों की हिमाकत।

चाँदी का सिक्का कभी उछला तो कभी पिघला, फिर भी चमकता ही नजर आया। ये दोष नहीं निहत्था वार कहलाया। वरदान का संकेत संघर्ष के दायरे के अंदर था। समतल बनाना और समान रखना एक समझदारी का रूप है।

☺☺☺

नजरिया

सभ्यता और स्वभाव एक–दूजे के पूरक सही, विश्वास की जीत ही होती है और प्रेरित दूसरों को कर ही जाता है। सौ जनमों की दास्तान दर्द से भरी अंगड़ाइयाँ। अंगों की ओर तमाम अनदेखी आफतों को अपना मन मैला करना ही पड़ा। उतरन का जोड़ा रातों रात बढ़ने लगा और बेवफा दगाबाज दागदार होने से बच निकला।

पल में गुस्सा, पल में मुस्कुराना, यही दो पहिये हैं, जो दावेदार हैं हमारी फितरत के, हम किस ओर और कितने पानी में है। प्यास का पता प्यासे को चलता है और अनजानी अनचाही मुस्कुराहट उसके दिल से उभर कर होंठों पर हावी होती है। इच्छा से मिली कोई भी चीज हमें खुशी देती है और जो अकस्मात और अचानक खुशी दे वो ज्यादातर औपचारिकता कहलाती है।

दोनों में फरक है और नजरिया अपना–अपना है। नजर को तोहमत का नाम मत दो, सैलाब उमड़ आते हैं, एक ही तूफां में, नाजायज कुछ भी नहीं, सब सोच का फरक है, जो सही और गलत दोनों आँकड़ों में करीब है।

☺☺☺

परवान

प्यार से परवान तक का रास्ता प्रेमियों की श्रेणी में आता है, मगर प्यार हर भय का जीवनदाता है, ये हम सभी को पता है। प्यार का कोई फायदा नुकसान नहीं होता है। "चोर" से भलीभाँति परिचय जरूर करा देती है। ये तो हर रिश्ते का ताज है जिसे आजमाइश की आग में तपना ही होता है, तभी उजला प्रतीत होता है। कुदरत की हर शय सिर्फ प्यार चाहती है और उसी एहसास से भरे स्पर्श को तरसती है, जिसके हाथों से ज्यादा जुबां में मिठास है।

☺☺☺

जुनून

जुनून जान पर हावी होता है, किसी चीज को अंत की अति तक चाहना जुनून कहलाता है, जिसमें इंसान जान की परवाह नहीं करता। अपनों से बेगानों तक की चाहत में प्रेम का रहस्य छुपा होता है और राज भी इसी रहस्यों में छुपे होते हैं। रातों का जुगनू तभी टिमटिमाता है क्योंकि वो अंधेरे से प्यार करता है। अंधेरा जब सुबह की छांव में पिघलने लगता है तभी जुगनू ओझल होने लगता है। यही छटपटाहट तो प्रेम का प्रतीक है।

किसी चीज को पाना सच है, मगर हासिल करना गलत है।

हर दिन कुछ कहता है, सुबह की जुदा भी प्रकाश से लड़ने लगती है, जब किरणों पर जान न्यौछावर करने वाला प्रकाश भी दीवाना होने लगता है। धूप उसका कवच होता है जो दोनों को छोड़कर कहीं नहीं जाती, क्योंकि वो भी सभी के आने तक इंतजार करती है। इकरार, इजहार, इंकार, ये सब सुनने में बहुत अच्छे लगते हैं। अच्छाई से अंत तक का इकरार हम करते हैं और इंकार अंदर से होता है, यही तो खलबली मचाता है।

☺☺☺

रिश्ता

जहर क्यों दिलबर का प्यार ना अपना सका ना स्वयं अपनाया गया। अंदर की आस का मोती जीवन कहलाया फिर भी प्यार को कोई समझ ना पाया, प्यार का पंछी अधमरा ही नजर आया। क्या आईना सब सच कहता है, नहीं ये अपने-अपने दिल की व्यथा ही गाता है, किसी को सच तो किसी को झूठ नजर आता है।

जान जिगर से बोली दो नजराना नाकारा नादानी। नाउम्मीद की उम्र लंबी सही लेकिन अंत सत्य ही है, कभी ना कभी लहराता रिश्ता भी डगमगाते कगार पर इठलाता है। अंत से अनजान मुस्कुराता ही रहता है। बिन कारण, बेवजह, ये भी सत्य से कहीं ऊपर है।

☺☺☺

व्यक्तित्व

जिंदगी का दारोमदार दबाव में ही रहता है, अपने हिस्से की खुशियों को त्यागना ही पड़ता है और बेमतलब हँसना पड़ता है। बहुत मुश्किल है, बेदिली से कुछ भी करना। हथियार और आत्मसम्मान का त्याग करना पड़ता है और अंजाम कुछ भी हासिल नहीं होता, ये ढोंग दुनिया से होकर अपनों के अंतर्गत आते हैं।

हिस्सा है जीवन का, नहीं बच सकते। कुछ भी कर लो, अपने व्यक्तित्व को खोना किसे अच्छा लगता है।

☺☺☺

धोखा

पाप को जब-जब पुचकारा पुण्य का महीन धागा धोखेबाज कहलाया, जो मनमानी हरकत करने से बाज नहीं आया, फिर भी बलिदान देने को इंसा ही इंसा के काम आया। ये भी इत्तेफाक कम इत्मीनान ज्यादा नजर आया। मजबूरी को मन से मानो, वचन का जोड़ मजबूत होना चाहिए, मनचाही चाहतों को छोड़कर किलकारियां तो ठहाका लगाते ही नजर आयी। जुबां को जबरदस्ती रोकना एक कला है। उपहार को अहंकार में ना बदलो, आस्था से दामन छुड़ाना नामुमकिन है, एक यही धरोहर तो हमारी अपनी है।

आवाजों को साजों की जरूरत नहीं पड़ती। कहीं ना कहीं कोई ना कोई स्वर कानों तक पहुँच ही जाता है, कभी सीख दे जाता है तो कभी बुराई का भी इशारा करा देता है। मानना ना मानना हम ही के ऊपर होता है। सच को किसी सफाई की जरूरत नहीं होती। हाथों की खुशबू इस बात की सुबूत है और आँखें, बिना मन के किसी की भी आँखों में आँखें डालकर बातें की जा सकती हैं।

सच को भावों से ज्यादा शब्दों की वजह से भांपा जाता है। ☺☺☺

दीदार

छलकती हुई आँख आराम करने लगी, आँख से पूछ कर ही पलकें आहें भरने लगीं। आंसू ने एक बूँद से की लड़ाई, ख्यालों के प्याले, आँखों पर हावी फिर भी नमी अपनी ही कहानी सुनाने लगी। मोह का रिश्ता बहुत पुराना है, जितना घिसोगे उतना निखरेगा और अलग करना नामुमकिन हो जाएगा।

तेरे खजाने से थोड़ा प्यार चाहिए, ज्यादा नहीं तो राजीनामा चाहिए। जो चाहा तूने दिया मुझे, तुमसे बेहतर कोई नहीं लगा। भयभीत मन का भयानक मंजर उस पल फरिश्तों की रहनुमाई का था, यही ख्वाब बाकी, मुझे तेरा दीदार चाहिए।

☺☺☺

रुख

तस्वीर का रुख रूपहला है, तेरा नूर थोड़ा फीका लगा। खूबसूरती की होड़ में हड़ताल है तो कहीं मारामारी है, फिर भी पन्नों में आशिकों की तनाशाही है, जो अंधी ही कहलाती है। तकरारें तमाशा देखती हैं क्योंकि तमाशा इंसान बनाते हैं। इंसानों की ओट में होते रोज कतल हैं, हालांकि कल और काल दोनों पर ही प्रतिबंध हैं, तभी तो आशिकों की वाहवाही होती है।

मोहब्बत मोहताज नहीं किसी दिल की, दिल ने गवाही दी तुम्हें सहलाने की। सहमति भी झूठी निकली, शर्मिंदा आत्मा हुई और आत्मसम्मान की कमी लगी।

☺☺☺

मजबूत दिल

चट्टान सा मजबूत दिल हो गया, दिल को उड़ान भरना अनिवार्य हुआ। इंसानी फितरत है ही ऐसी, भाँपा तभी दिल को दिल से जाता है जहाँ सिर्फ सच सर झुकाता है। जिंदा रहकर गुमनामी ही मिलती है, फिर भी चलती है जिंदगी। जज्बाती होना जहर बना देता है, मन्नतों को भी फीका करता है, पूरा होने की चाह में इंतजार करता कतार में लगा रहता है। आईने ने औकात दिखाई, तभी मुझे तेरी याद आई। क्या करूं क्या न करूं, तेरे फरेबी दिल ने फिर से धूम मचाई। डर ने जब-जब गुहार लगाई ख्याल अपनी ही इज्जत का आया और जगहँसाई ने भी की रुसवाई।

☺☺☺

पहचान

जज्बातों को जलील करना जिज्ञासा का रूप कहलाता है। वही जिज्ञासा जिसे आप चाहकर भी सामने वाले में जगा नहीं सकते, उसके नजरिए को नजरअंदाज नहीं कर सकते। नजर का दृष्टिकोण हर रोशनी का साथ चाहता है, तभी तो हर कसौटी पर खरा उतरता है, जिसकी पवित्रता हर दिशा से परिपूर्ण नजर आती है, तभी शरम कहलाती है।

पहचानने और समझने में फरक है, पहचान तो दुश्मन की होती है और समझ तो हम कभी-कभी अपने को भी नहीं पाते। ☺☺☺

प्रीत

मन की तन्हाई भली, किसी के बसने से बेचैनी जो बढ़ी, वाह रे मोहब्बत, तेरे कितने नाम। कभी हँसी कभी गम में भी हँसती ही नजर आई।

गम जिनके कारणों से अनजान ये उदासी ही है, इन सभी को है इंतजार। जुड़ कर भी लगती अलग पहचान, जैसे दिल अपना और प्रीत पराई, शायद मिल जाए इसी में समाधान, फिर भी मिलना-जुलना है किस्मत का अरमान, कहाँ टूटे कहाँ जुड़े, इसी में है छुपी हुई सारी दास्तान।

रंगीन दुनिया के रंगीन ख्वाब और काश का साथ। सब सांचा है, अच्छा होकर भी थोड़ा-थोड़ा मैला है। मजबूत इरादों के साथ हर मकसद को पूरा करने की अजीब दास्ताँ है जीने के लिए। जिंदगी दगाओं से उभरकर या उस समान होकर ही निखरती है। नजरों का आसान तरीका उसके अपने अहम् को ही चोट देता है।

तभी दर्द से परिचय होता है। दर्द पिघलता रहता है ताउम्र और यूं ही गुजर जाता है दिनों का कारवां।

☺☺☺

याद

तेरी यादों ने तोड़ा बार–बार हर बार, भड़ास की आस, फिर भी रही बीच ही में। जीतना कारस्तानी है ना उसे पता ना मुझे, बस इकरार पर गौर करना बाकी है, क्योंकि कुछ बातों को अनजाम तक पहुंचाना बाकी है। तुलना प्यार और मोहब्बत में बारीकी से हुई, मजबूरी भी मजे में है, तभी तो पास मेरे तेरे ही सवालों का तोड़ है।

तमन्नाओं का शीशा वरदान सही चमन में चालबाजी करना गलत है।

हर जरूरत को जख्म मिला कमबख्त दिल बड़ा बेदर्द निकला। प्यार से सींचा तो संवर भी गया। सादगी का रवैया किसी को भी ना भाया। नादानी नामन्जूर थी, जो मेरी अपनी करनी की धरोहर हुई, जो मिलनसार बनने के लिए खुद ही से मोहब्बत करने लगी। हर शय का मूल्यांकन करना गलत है, कुछ चीजें मूल्यवान होकर भी ना तो खरीदी जाती हैं ना बेची। अंदर की चोट की मार लाचार कर देती है और अपने ही कर्म पर शर्मिंदा भी।

☺☺☺

आंसू

हँसते हुए आंसू भी माफी माँगने लगे, ना जाने क्यूं भयभीत थे। किनारों पर कश्ती फंस गई, इसका उसका नहीं सब फरेब का अफसाना था। ना कगार पर मैं थी ना कगार पर वो, फिर भी आँखों की किरकी इश्क की राह देख रही थी, शायद इसीलिए मुस्कुराना भूल गई थी। यही थी मेरी और उसकी नादान घड़ियाँ, जो एक ही दिन में लगी सदियों की कहानियाँ। मुसाफिरों की कहानी का जोशे जुनून कभी संयोग तो कभी संयम में संगीन। खेलते हुए तनहाई का ही आलम मिला, जो आज भी जान से प्यारा लगा।

☺☺☺

सफर

सफर का जोश सफरनामे में घुल जाता है, तभी सफर रवानगी पकड़ता है, नहीं तो मायूस और धीमा ही रहता है। सौगातों से परिपूर्ण प्रशस्त होकर प्रकाश लाना और नई दिशा को नई दिशा देना, वही सफर पूरा होता है और मंजिल की उम्मीद में उत्साहित भी रहता है, ये एहसास विचित्र होता है। नासमझी को समझ का ताज पहनाना तिरस्कार कहलाता है और तजुर्बों की सादगी से मरहम लगाना, एक अच्छा पर्यटक ही कर सकता है।

सबका अपना-अपना नजरिया है।

☺☺☺

स्याही

स्याही से लिखा तेरा नाम। तेरी नादानियों ने किया बदनाम, आजा वापस, ना कर तू परेशान। पहचान अपनों से होकर ही संपूर्ण है, लाख कर जतन, अंत तक मोहब्बत महत्त्वाकांक्षी रहती है। यही तो धरोहर कहलाती है, फिर भी धिक्कारी जाती है। वफा के बदले वफा की ही मोहताज रहती है।

कल का दस्तूर दो दिलों का मेला, कभी जला तो कभी बुझा, तेरी अदाओं का जलसा फिर से उम्मीद जगा गया। तेरे ख्यालों से दिन है मेरा। तेरे नाम से जीता है दिल मेरा। भविष्य में कर ऐसा उजाला, गुलसितां सदा ही रहेगा हरा-भरा, हुस्न का हसीन साया सबको बस में करके चला गया।

☺☺☺

हिस्सा

चुभन शरीर का एक ऐसा हिस्सा है जो जज्बातों के आधीन आता है, किसी को जहर की तरह अंदर ही अंदर गलाता है और किसी को जुल्म करने के लिए उत्साहित करता है, पर दर्द को ना तो कम कर पाता है और ना ही मिटा पाता है। उसे संयम से पिघलाना पड़ता है, सिर्फ खुद को एक तसल्ली देने के लिए। कितने लोग समझते हैं क्या पता।

सच का काँटा चुभन ही देता है और उसका कड़वापन सच के साथ ही मीठे रस की तरह घुल जाता है, जिसका परिणाम अच्छा ही होता है।

☺☺☺

सपने

जागती हुई आँखों से सपने पाले सवेरे–सवेरे निकल पड़े घर से सारे। लगी झपकी तो कराह उठे, फिर खो गए अपनी बिताई दुनिया में, ख्यालों को रखवालों की जरूरत पड़ी, तभी सुनहरे पलों में सिसकते रहे सारे के सारे। अपनी ही करनी को फरियाद बनाया और फकीर की तरह माँगता ही रहा। इक ख्वाब ने दूसरे ख्वाब से पूछा, क्या तेरे ख्यालों में भी आता है फरियादी मेला। दीन–दुनिया का यही तो है फंडा, अलग होकर भी करता है दूजे की निंदा। दो ही पलों में मिटते हैं सारे शक और शूबे। शिकायतों की लगती है यहाँ कतार और हर कतार में होता है कमाल। ☺☺☺

संतुष्टि

हर कारण को कमजोर ना समझो, वो कारण तभी बनता है जब आपका अपना कर्म उस कारण को जनम देता है, जिसे ना तो हम त्याग सकते हैं ना ही नजरअंदाज कर सकते हैं, क्योंकि वो हमसे जुड़ा होता है। उसका हल हमारी जिंदगी को हल्केपन में बदल देता है, तब वो संतुष्टि हमारे पूरे शरीर पर अपना असर दिखाती है।

उसका निचोड़ निकालना जरूरी है, कैसे निकाला ये मान्य नहीं है, बशर्ते किसी को नुकसान ना पहुँचाता हो।

☺☺☺

साया

अनदेखा साया था, कभी वो मेरे करीब था। काया को ओझल होते देखा तो रुख तबाही की ओर मुड़ा। हर आवाज को उसी का साज समझा। साकार होकर भी झूठ ही दिखा, कल्पना से परे वो चेहरा कभी नजर ना आया। दिन से रात, रात सवेरे में बदलती रही। हर इक अक्स मुझे उसी का लगा, लेकिन परछाईं का पीछा करना उचित ना लगा, तभी प्यार आज भी प्यारा लगा।

अरमानों का मान मनसूबों के नाम, फिर भी अधूरी आस का प्रमाण बिखरे पत्तों की तरह पतझड़ भी ना थमा। दिल की तबाहियों का रंज हर दिल में टिका, बेनकाब सारे रिश्तों को किया। ये भी वाहियात अंदाज का नतीजा लगा।

☺☺☺

खुशबू

महकती आंगन की खुशबू महखाने बनाती गई, कब फरेब ने दस्तक दी, उसे भी सच मान गई। सलाखों में बंधकर सलाहें अच्छी लगीं, जो बन्धन से ज्यादा मजबूत लगीं। बेकार की वाहवाही मुझे धिक्कारने लगी, बस यही मुझे गुनाहगार होते-होते बचा गई। प्यार को वफा की जरूरत है इसलिए सच मानने में देर नहीं लगती है।

हर मौसम नजाकत के आधीन है। सभ्यता का अंत नामुमकिन है, शायद पुराने तकाजों को परिणामों की जरूरत है, समझ को साधारण समझना कला है। कारण और करम मन तक सीमित हैं, जो अंदर की रूह तक सीमित हैं। इसलिए छुपे रुस्तम हैं।

☺☺☺

मासूम

गलती गई बहारें प्यार की पनाह में। पैमाने के जरिए होने लगी शामें, टकराते जाम, बेशर्मी नाकाम, नकली अरदास, खुदा की आवाज मोहब्बत मासूम और नजदीकियां हराम है। प्यार सारी उम्र प्यार को तरसता रहा और बाजी शैतान मार गया, यही कहानी आज भी जारी है।

पलट कर देखा जब प्यार का असर, फिर वही दौर आएगा ये पता था, मगर शर्मिन्दगी को भी शर्मसार होते देखा मैंने पहली बार इस कदर। मेरी आँखों को मिला तोहफा सैलाब का और यह दौर वहीं का वहीं समाप्त हो जाएगा। बलिदान को समेटना दिलदारी का काम है, यही तो रिश्तों की पहचान है।

हाथों में धंसी लकीरों पर नजर पड़ी तो नई–नई कई कहानियां याद आईं। सुख–दुख जैसे दो भाई, जो बिल्कुल एक–दूसरे से भिन्न और हमेशा लड़ने को आतुर। जीत की चाहत में दोनों ही सदैव तत्पर, कभी सुख आगे तो कभी दुख पीछे, लेकिन चलते फिर भी साथ–साथ। ना जीत, ना हार, क्योंकि दोनों बेलगाम। एक पल में रक्षक तो दूजे पल में भक्षक।

बाकी सब व्यर्थ।

☺☺☺

खुदा

मोहब्बत का दूजा नाम खुदा है, खुदा को देखने का मन भी है बड़ा। दिल से दूर भी नहीं जहन का का हिस्सा वो मेरा है। जग जाहिर है, रब्ब दिल ही में बसता, तभी दिल की तबाहियों का तकाजा जल्दी हो जाता है। रब्ब रुलाता है, सताता है, फिर भी प्यार समर्पण नहीं कर पाता है। क्यों और क्या ये जरूरी है।

अलग कश्ती, अलग कशिश भागती किनारा थी नवाबों की हस्ती, कोई हंसा तो कोई रोया। कोई बिगड़ा तो कोई बिखरा। रिश्तों से खेलती कई शिकायतें, फिर भी रहता है ये अंधा कुआँ। ☺☺☺

अधूरा

मुस्कुराहटों के मुखौटे एहसासों के निशाने पर सदा ही हलचल मचाते हैं, जो समझते हैं वो खुशी दे जाते हैं और जो नहीं वो क्या दे सकते हैं। जिंदगी चलने का नाम है, एक मिनट में कितने रंग बदलता है ये चेहरा, शायद हमें भी नहीं पता। जब भावों की क्रिया हमें प्रयत्नशील करती है और आगे के लिए ना जाने कितने कारणों से प्रेरित, हम बदलने की कोशिश करते हैं और वक्त का साथ भी चाहते हैं। पर बहुत कुछ बीच में ही छोड़ना पड़ता है, यही सही हल निकलता है, कुछ कार्य अधूरे ही ठीक लगते हैं। ☺☺☺

टूटना

हाथ टूटा दिल टूटा कोई वजह, आँखों का भी साथ नहीं। पल तरसे, लम्हे बिगड़े तनहाई में अक्सर बेकरार ही याद आये, बेकसूर इरादे इकरार से परे इजहार को जहर अपने ही तो देते। ये भी फितरती इंसान के हिस्से ही नजर आए। आरजुओं को जमीं पे उतारा तो आंसुओं को जीना आया, सूख गए सारे के सारे ऐसे जैसे किसी ने पानी ही ना देखा। खूब टटोला दिल को, कमबख्त मचला ही नहीं। वक्त गुजरता गया, दोपहर और सांझ कब बिछड़े पता ही ना चला और प्यार कब लुप्त हो गया, कब हुआ उजागर ये भी गैरों ने ही जतलाया।

☺☺☺

नियति

नियत को नियति का परिधान कभी नहीं पहनाना चाहिए। किसी को इतना अच्छा भी नहीं समझना चाहिए, जितना ना तो वो दिखता हो और लगता हो। हर इंसान में कमियों का बुलबला रोज डुबकी लगाता है, कुछ गलतियाँ उसमें बह जाती हैं और कुछ अच्छाइयाँ हमें खुद बचानी पड़ती हैं कि कहीं डूब ना जाएं। इज्जत का दाँव बहुत गहरा होता है, जो संवर जाता है वो ताज पहनता है, जो रुक-रुक कर चलता है वो सिर्फ दिखावा करता है।

सबका व्यक्तित्व हर व्यक्ति के आगे अलग ही शक्ल में होता है। क्यों?

☺☺☺

वफादारी

पलों की वफा, वफादारी का रंज था, जो मेरा होकर भी मेरा ना था, यही गम मेरा अपना था। तोहमतों का बवंडर कहर ले कर आता है और बासी तकाजा तकदीर का तमाशा कहलाता है। कायरता की सूरत कमसिन ना कहलाती, अगर तेरी नीयत का खुलासा ना होता। तेरी कहानी ही अलग थी, मेरी कहानी भी, सिर्फ रेखाओं में अंतर था। बंद लबों को आदत ही नहीं थी खोलने की। बस सुईयों पर टिक गया हमारा कल। कब हो गए रास्ते अलग, ना मुझे पता चला ना उसे। कारण को खोज रहे हैं हम आज तलक।

☺☺☺

चिंगारी

कर्मों की लड़ाई में इंसान अपना व्यक्तित्व कई बार खो देता है। हर दलीलों से खुद को दूर रखने की कोशिश करता है। जब कुछ कटाक्षों की चिंगारी उसकी ओर आने लगती है या कुछ छींटें उसको परेशान करती हैं तो दिखाता है वो अपनी औकात। अक्ल से बड़ा इंसान का इरादा होता है, वो किस रूप में सामने आता है या सामने वाले को दोस्त या दुश्मन बनाता है ये कौन जानता है?

अपने को बचाने के लिए कुछ कर्मों को शायद अपनी नियति के विरुद्ध करना पड़ता है, जो कि जरूरी है।

☺☺☺

सलाह

बदसलूकी सलाह मांगने लगी, हँसी खुद ही को आने लगी, हिदायतें हद से ऊपर थीं, हिम्मत तभी कटने लगी। हारने का सवाल कहाँ, हालात मजबूत थे किसी को परवाह नहीं, परेशां कोई और ही हो रहे थे। पंख फैलाए तो हिम्मत बढ़ी, दो पल की जिंदगी जीने की कला सिखाने लगी, जो धीरे-धीरे रास आने लगी।

उज्ज्वल काया की प्रीत निराली, नई होकर भी पुराने की दिवानी। ये दिवानगी भी कत्लेआम थी खड़ी। आकाश ने की बादलों से नादानी। समय का पहिया घूमा, फिर घिसा हिंसा की डगर में। कसूर किसी निर्दोष का ही निकला, करमों का फंडा सबसे बड़ा हथकंडा, फिर भी त्राहि-त्राहि इंसा के ही मुँह से निकला।

☺☺☺

सच्चाई

भटकता वही है जो अपनी सच्चाई को एक नई कोशिश देता है। उस पर लगे कितने भी इलजाम उसे टूटने नहीं देते, क्योंकि वो खुद को जानता है और खुद को साबित करने के लिए कुछ गलत कर भी ले तो उसे गम नहीं होता, क्योंकि ये करना जड़ता है। गलत लोगों को अपनी ही तस्वीर दिखाने के लिए जरिया कोई भी हो, किसी को भी माध्यम बनाये, उसे ये सोचने की जरूरत ही नहीं है और समझने वाले समझ जाते हैं, तभी उसके खिलाफ होते हैं।

क्रूर आदमी को भी एक अच्छे इंसान की इंसानियत तब समझ आती है जब वो अपना आईना तोड़ चुका होता है।

☺☺☺

आगोश

मोहब्बत में सभी को सुख का आगोश ही मिला। प्यार का आलिंगन खूब फला फूला, पुलकित प्यार का करामाती फरिश्ता इंसान नहीं तो कोई देवता ही होगा। विश्वास का होता है अजीब फैसला। निकला दिवाला आशिकों का फिर भी सिरफिरा ना सुधरा। दुनिया से दूर बेखौफ प्रेम के पुजारी पालते हैं दुश्मन सैकड़ों की तादात में, लकीर का फकीर बनना बेकार का था रास्ता, आशिक तभी तो सरेआम बिकते हैं। परिंदा पिंजरे में कैद था, ये पिंजरे भी दिलवालों की निशानी होते हैं। ना उड़ते बने ना निकलते, फिर भी उम्मीद को अपनी पहचान बनाते हैं।

☺☺☺

कोशिश

दो मीठे बोल और सब तुम्हारा, कोशिश सभी करते हैं मगर मंजिल तक पहुंचते बहुत कम हैं। किसी के दिल में जगह बनाने के लिए जरूरी है सिर्फ दो शब्द प्यार के। जगह की एहमियत आसान बनाने के लिए उस मुकाम का अधिकार आपके पास होना अनिवार्य है। आशाओं के आगाज में अंजाम लिखा होता है, जिसे मानना जरूरी होता है और मिठास का स्वाद अपने आप आ जाता है।

मीठापन भी एक हद तक निश्चित है, ज्यादा मीठा बनना भी एक नादानी है, जो ज्यादातर इस्तेमाल की जाती है फिर भी हर इक के दिल में घुल नहीं पाती।

☺☺☺

साज

पत्तों की छेड़खानी में छिड़ गये साज, ना उम्मीद ने दम तोड़ा, ना इरादे होते शर्मसार। मन के अंदर ही था मन की मन्नत का मुसाफिर जो बेपरवाह होकर भी अपना था। आगोश में सनम और ख्वाब मेरा सच्चा था। ख्यालों का सरूर बढ़ा तो दुख भी कम लगने लगा। सुनहरे नखरे की चमक ने नखरा भी थोड़ा कम किया, चमन के हर इक फूल को तोड़ा और शर्मिंदा किया गया। बागीचा बना माली का कसूर। गैरत का पलड़ा भारी था अपनी ही गलती पर परेशां हुआ, हैरां सारा आलम हुआ और चमन चुभने लगा।

पलकों को झपका के देखा, मैं वास्तविकता से कहीं दूर अपना आशियां बनाने वाला हूँ। आसान नहीं है, जो सोचो वो पूरा होगा, ज्यादातर नहीं होता है। हाँ, एक भीनी-भीनी आस छोड़ जाता है और उसे पूरा करने के लिए ताउम्र हमें बहुत यतन करने पड़ते हैं। कल की आस में आसरा तो मिलता है मगर तरीका बहुत अलग होता है, किसी को रास आता है, किसी को नहीं। सबकी अपनी-अपनी स्थिति पर निर्भर करता है। जो सदा ही अंत तक चलता रहता है।

☺☺☺

भलाई

भूल से भूल हो गई, भलाई बीच में आई, अपनी-अपनी इच्छा जाहिर की, भरपाई फिर भी ना हुई। भवसागर का किनारा गोते खा-खा कर मंजिल तक पहुँचा फिर भी लहरों के तट से प्यार करना ना छोड़ा। नजर में रहकर सबके नजराने बने। नजरिया नाज का रूप है, तभी सच्चा और जरूरी है।

फूलों की लड़ियाँ लड़तीं इक-दूजे से, महकातीं हर जर्रे को अपने ही महखाने से। मोम से नाजुक दिल की गहराई गलत होकर गायब ही नजर आई, ना देखा किसी ने, ना किसी को देख पाई, फिराक में उसकी बेफिक्री ही नजर आई, ना जाने ये किन महखानों की मस्ती नजर आई।

☺☺☺

शख्स

सामान्य दिखने वाले कई शख्स जब असामान्य सा रवैया दिखाते हैं तो धक्का लगता है अपने ही अंतर्मन को। आत्मा में निवास उसी का होता है जो उसके अपने व्यक्तित्व से मेल खाता हो, मुश्किल है मगर सबको सबके साथ निभाना ही पड़ता है। प्रयास करते रहना चाहिए, दूसरे के चेहरों से उदासी दूर करना, ये भी एक प्रकार का संघर्ष है। संघर्ष को सार्थक बनाने के लिए प्रयत्न करने पड़ते हैं। सभी करते हैं और निष्कर्ष भी निकाल लेते हैं। ☺☺☺

आवाम

आवाम ना तेरी ना मेरी, ना किसी की, वहम हटा, खुद को अपना, जग से हारी ये ख्याति हमारी। अपने ही अंदर की जीत से जगमगाई, यही तो है दिलेरी, जो अठखेलियाँ करती ही नजर आई। शरारती आदतों की जननी अपनी ही प्रीत से शरमाई और इठलाती नजर आई।

जुबां की कतरन काटने लगी खुद ही को। खलबली दिल में मची, दिलदारी दायरा लांघने लगी, सपनों का सारांश पूरा होकर भी परवान कभी सराहा ना गया, वक्त तभी तो बलवान। शक के घेरे में खुद ही का जमीर हुआ। उफ ये क्या हुआ और क्यों हुआ।

शर्म का परदा शर्म में ही रहे तो अच्छा होता है। शक को सहारा देना शर्म को करीब लाता है, मगर उससे छुटकारा पाना नामुमकिन होता है। शक और शर्म एक-दूजे के पूरक हैं। पल दो पल की परेशानी सारी उम्र की हिमाकत बन बैठती है और हिम्मत टूट जाती है। हौसले को बुलंद करना इंसानियत है, मगर इंसान की हिमाकत स्वयं उसे शर्मसार करती है।

शर्म को शान से अपने चेहरे की अदा बनाइए ना कि उसे शर्मसार कीजिए।

☺☺☺

गुस्ताखी

सजदा किया, तेरी हर आहट पे सर झुकाया, तेरी हर गुस्ताखी पर नाउम्मीद हुआ। हर इरादा सोचना जायज है, रहता प्यार के करीब है। मोहब्बते दस्तूर में ना तेरा ना मेरा बस, सब मेरा ही मेरा है। जरूरतों का सौदा है कभी सच्चा तो कभी झूठा है। यही तो जहर है, तेरी हर कमी भी लगती जान से प्यारी है। यही तो प्यार की खिचड़ी पुरानी है। मिलावट के तड़के के बावजूद भी नियति खेलती बिंदास बेलगाम है। बदनामी से किया याराना, यारी को ही दफन कर डाला। इंसान से जहरीला कोई नहीं है। जीवन के रूपों में एक 'सच' ये भी है।

☺☺☺

वक्त

क्या तेरा क्या मेरा, फिर भी सबको सब कुछ चाहिए, क्या नजर आता है सब कुछ में। साक्षरता नजर आती है। सक्षम से सूक्ष्म तक की सोच सिर्फ इंसान ही सोच सकता है, उसको सही मुकाम पर पहुंचाना भी इंसान का ही काम है। इंसान या तो अच्छा होता है या बुरा, बाकी हालात पर निर्भर करता है, कभी अच्छे के लिए बुरा, तो कभी बुरे के लिए अच्छा बनना ही पड़ता है और इसकी शुरुआत घर में अपनों के साथ ही शुरू होती है।

वक्त को अपना हमदर्द बनाना पड़ता है।

☺☺☺

एतबार

एतराज तुझपे था, एतबार जो तुझपे होने लगा था। गुनाह तुझसे हुआ और गलत मेरा जुनून बन गया। ये बहाना भी सोच का शिकार बना। हौसले के आगे फैसले भी अकेले हुए और घोटालों का तांडव मुझे तुमसे दूर ले गया। हाय, दीन-दुनिया से दूर दिवानगी भी दकियानूसी का सारांश लगा। नजर से जब भी उतरा नजरिया लगा। नाराज जिंदगी में कोई अपना लगा। ये भी कहानी का स्वरूप लगा, जो कभी धीमी तो कभी टेढ़ी-मेढ़ी चली और तनहाइयों की रोगी और अकेलेपन की सहेली वक्त पर आ टिकी। यही पहेली तो कचोटने लगी।

☺☺☺

अनदेखा-1

जर्रे-जर्रे में उसे देखा, देख कर भी अनदेखा किया, क्योंकि इसमें भलाई नजर आई। नजरों को धोखा देने की क्या जरूरत है, जब जलसे अपने अंदर है। ना किसी को नुकसान देना ना किसी से तू-तू मैं-मैं, ख्वाहिशों की आशाएँ जब मंद पड़ने लगती हैं तो बंद आँखों में भी नमी होती है, यह कोई नया नहीं है, नायाब से नया बनना बहुत मुश्किल है। नए से नजरों को मिलाना और दिल में उतारना और भी मुश्किल।

अपने बस में बहुत कुछ है मगर हालातों के आगे झुकना ही समझदारी है।

☺☺☺

आधार

करम उसका या मेरा करनी पर आधारित था। बोल उसके या मेरे वाणी की इजाजत है। मर्यादा का तांडव मर कर भी जिंदा है। आसान सा तरीका भी तन–मन को मारता है, जब प्यार को कोई ढोंग कहता है। अफसोस, सांसों को सांस लेने दो, शायद कहानी बदल जाए। कल को आज में लपेटो, शायद कुछ दिन और निकल जाए। जरूरत को फैलने से रोको, जंग का लिबास ना उड़ जाए, ललकार की धौंस खुद ही तक रखो, शायद कोई बावला आशिकी में ना पड़ जाए। प्यार खेल नहीं, उसे पर्दे की जरूरत है, वरना खिलौनों की क्या कमी है।

☺☺☺

करम

कसूर का करम सिर्फ इतना है कि वो गलती को एहमियत देता है। वजह जानने की कोशिश कोई नहीं करता। करनी का कारण कोई जाने या ना जाने, क्या फरक पड़ता है, फैसलों के आगे सब माथा ही टेकते हैं। तकरार से टकराकर तनहाइयों को दावत मत दीजिए, हिम्मत की जरूरत है और पड़ती भी है। प्यार का तजुर्बा तन्हा होकर भी प्यारा लगता है, क्योंकि प्यार में इक शक्ति का एहसास ही होता है, जो खुद में ताकत भर देता है।

गलतियों को गलत समझिए गुनाह नहीं।

☺☺☺

जुगनू

रातों का जुगनू जगने से घबराने लगा, भयभीत मन को दिलासा देने लगा। फैला जहर हर भंवरे में जब सुबह के सूरज ने सबको सलाम किया। दिल का नाजुक हिस्सा हया में लुप्त था, गैरों को भी उसपे गरूर हुआ और बेकसूर का बलि चढ़ना दस्तूर लगा। शख्सियत का खजाना उसकी अदायगी में था। वो दिन मेरी जिंदगी का नूर बना जिसे भुलाना नामंजूर था। वो जब-जब दिखा नजर के करीब दिखा, फिर भी मंजिले वफा का किनारा दूर ही था, बस यही सोचते-सोचते कि इस अलगाव का अंत कहाँ तक है, सब असामान्य लगा।

☺☺☺

तसल्ली

पलभर की तृप्ति तसल्ली देती है, सालों की खुशबू खास बनकर ख्याल भी बनती है, जो एक सुंदर सपने की तरह ताकतवर कहलाती है और आपके अंदर एक नई ऊर्जा का समावेश करती है। संभलकर, स्याही का एक छींटा आपके अस्तित्व को खराब होने से बचाता है। ये संकेत है कि कुछ भी करने से पहले आप उसे भली-भाँति समझ लीजिए कि आप क्या कर रहे हैं और क्या नहीं, इवास से ख्याल की ओर आरजू का अंदाज होता है, अन्यथा आस का जादू टिमटिमाता ही रहता है।

☺☺☺

मसीहा

मसीहा मन से हार गया, क्योंकि मन बस में ना रहा। मनमीत का अतीत सामने था, उससे भी मुझे कोई सरोकार ना था। नजरिया जायज या नाजायज नहीं, आंकना इक नजर का दस्तूर लगा। दोनों ने ही दलीलों को स्वीकार किया, हकीकत से परे हालात कुछ और ही थे। हम गेरत में मारे गए और तेरा आसरा भी हमसे रूठने लगा, यही रुख तो तोड़ने लगा। तेरे इरादों की नादानी ने शर्मसार किया फकत तू मेरा होकर भी किसी और का निकला। इंतजार भी लम्बा और तेरा वार भी नुकीला। कसूर को हवा देना मेरी फितरत में ना था, पर तेरी हरकतों ने उसे भी सरेआम किया। ☺☺☺

तमाशा

तमाशा अपना या अपनी मजबूरी का हर कोई भोगता है। जी हाँ, बेबसी हर दिल में होती है, मगर हर दिल की हालत अनजान ही होती है। खुशबू सुंदरता का प्रतीक हो सकता है मगर नियत का नहीं। कितनी वजह है वास्तविकता से उलझने के लिए, सांसों को रफ्तार की जरूरत होती है, जहाँ रफ्तार सहमी या धीमी हुई, वहीं आप अपने ही सांसों से असंतुष्ट हुए। आसान-सा तरीका तलाशने से कुछ ना होगा, उस पर अमल करना ही हमारा अपना करम है।

☺☺☺

किलकारी

इश्क दुश्वारियों का रेला है, तेरा मेरा ना सही किसी का तो झमेला है, जो लेता हर करवट पर किलकारी और हँसते हुए भी रोता है। रंगीन रास्तों की तनहाइयों का काँटा चुभने का डर मगर मनसूबे जानदार, वाह री तेरी हिमाकत। ललकार कैसी भी हो लड़ने का ही बिगुल बजाती है, फिर भी कहानियाँ सिमटी और सहमी ही प्रतीत होती हैं। धुंधला जीवन धोखे में रहा, इंतजाम की बारी अब मेरी है, इंतजाम कैसा भी हो इक फरियाद काफी है। करामात दिखाती हर घड़ी है, लम्हे बदलने में देर नहीं लगती, आज किसी घर की बारी है, तो कल मेरे घर की।

☺☺☺

तीर्थ

जिंदगी ना जाने कितने तीर्थ और स्थानों का जायजा कराती है। काश का इम्तहान कभी नहीं खत्म होता, कल का सवाल आज भी उत्तर के इंतजार में इंतजार ही करता मिलेगा। इससे कोई फरक पड़ेगा या नहीं, ये तो नहीं पता पर हाँ, अंदाजे बयां कुछ और ही होगा। आदत दावतों का न्यौता देती है, इसलिए नवीन कहलाती है और पुरानी होकर भी नई की खुशबू देती है। ये आसां नहीं है, नायाब से नाजायज ना बनिए, बल्कि नए विचारों को प्राथमिकता दीजिए।

☺☺☺

अनुभव

अनुभव का आंगन गगन को तरसेगा फिर भी आसमां की ऊँचाई में अकेला ही रहेगा। मदहोश आलम अलविदा कह चला, अलग होकर भी मिलने आ गया। मिलन का ये तरीका भी लाजवाब लगा। लालायित इनायत भी इंकार की मालकिन है। महसूस हर धड़कन थी, फिर भी दिल धड़कना ना भूला। कोहरा फैला और सवेरे को लपेटे में लिया, बस चलता रहा सृष्टि का आधा-अधूरा हिस्सा।

अनकहे जज्बातों की बेमिसाल सलाहें कटाक्षों के रूप में भी दुत्कारी गईं, ये चलन मेरा नहीं सदियों का तोहफा है, कौन किसके दुख को अपनाता है सब तकल्लुफ की दास्ताँ है। मुसीबतों को खड़ा देख अपनों के ही ठहाके सुनाई पड़ते हैं। ☺☺☺

मिठास

मिठास का स्वाद समयानुसार बदलता भी है और पनपता भी है। प्रयास करना जरूरी है, जायज और नाजायज का दौर भी कहा गया है और करम की रानी उसे पूछती भी है। पाना क्या है, पाकर खोना ख्यालों से कहीं ऊपर ही था। अस्थाई से स्थाई को बनाना बेकार भी नहीं है, बेकसूर मानना ना मानना, ये भी एक प्रकार की सजा है। सागर से पानी की एक बूँद की कमी भी खलती है। संयम समय का ही तोड़ है, सब कुछ निर्धारित होता है, वक्त आने दीजिए सबको सबका फल समयानुसार पता चल ही जाता है।

☺☺☺

बेबसी

हमदर्दी दवा नहीं जो बंट जाए हर इक में, उसकी सीरत को समझने की कला चाहिए, वरना हर दुख ताज पहना ही नजर आएगा। ये बेबसी नहीं कथनी का वार है। जुबां से काटा हर तोड़ फैसले की शुरुवात है, जो सच का मुखौटा लगाए झूठ की बुनियाद है।

वक्त की मस्ती लाती सदा से बहारें है। छल से उपजे उपहारों ने रिश्तों को आबाद किया। अंजुमन अमन का प्रतीक है। प्रशस्त होकर भी पराक्रमी है। परख का मेला मिलनसार रहा, मुस्कुराते हुए रिश्ते तमाम तकलीफों से दूर रहे।

जुर्म से तबाही तक का रास्ता आसां जरूर है, मगर उसे संवारने में बहुत समय लग ही जाता है। सभी का अपना-अपना मत है। मीत का बहाना बना मनमीत बनकर ही ठेस पहुँचाता है। ठहाका लगाकर हंसने वालों की कमी नहीं है, कर्म की ओट में पनपे काजल से काले जुर्म बहुत महीन होते हैं, उनका व्याख्यान उतना ही विख्यात होता है, जिसको सुलझाने में ही बहुत समय लग जाता है। वक्त की चादर को समेटना और संभालना दोनों ही तरीकों से बहुत जरूरी है।

☺☺☺

जिगर

जिगर में अटका अनाड़ी का पलड़ा, पलों में उजड़ा कहानियों का मेला, मंझधार का पंछी फड़फड़ाने लगा। अनकही जुबां की इकलौती फरियाद फरमानों की दौड़ में पीछे ही रहती हर बार। रास्ता उसकी मंजिल का नामुमकिन से मुमकिन लगा। मुश्किलों को आसान से हाथ मिलाना पड़ा। शक का खिलाड़ी दीवारों में जा फंसा। बहाव को बदतर बनाना बदसलूकी लगा। बेपरवाही राज रही और राही रहगुजर, फिर भी लेते अंगड़ाइयाँ, यही तो कुदरते वार है, जिसे समझना और समझाना दोनों ही मुश्किल है। ☺☺☺

इंतजार

इंतजार उम्मीद को जार–जार कर देता है, जरा भी कहीं चूके तो सब खत्म। खास से ख्याति की ओर इंतजार ही ले के जाता है। किसी को खास बनाना ख्यालों से कहीं हसीन होता है। हर प्रीत के पीछे कुछ ना कुछ अहम संतुष्टि होती ही है। हरारत का मुरीद मन मुताबिक ना सही, मगर मन के अंतर्गत तो आ ही जाता है, क्योंकि उसे मन के समीप लाना पड़ता है। लालसा आँखों की, किसी विशेष को ही प्रदान होती है।

विश्वसनीय भी है और नहीं भी, सब विश्वास के ऊपर है। ☺☺☺

अफसाने

तलाश खत्म ना हुई, अफसाने अनजाम तक ना पहुँचे, प्यार परवान भी ना चढ़ा और आशिक बदनाम भी होने लगे। ये कैसा व्यभिचार है, दया से ऊपर उठा तो पिघला दिल का बाजार है, कभी तेरी गली तो कभी उसकी नादानियों का ही तो वार है।

चाँदनी सा महबूब बिखेरता जलवा और रोशन हुआ सारा जहान और कोई रंज भी नहीं। रात का दीया अंधेरों को पुकारता ही रहा, बेहिसाब हुकूमत का तामझाम तकरारों में फंसते-फंसते बचा। रिहाई था दारोमदार, दकियानूसी ना रहा।

☺☺☺

इंसानियत

काबिल इंसान कभी इंसानियत नहीं छोड़ता, छवि कैसी भी हो छायांकन का एहसास हो ही जाता है, बाकी का सब संस्करण कहलाता है। क्या सच्चा, क्या झूठा, सब भयभीत और भयानक-सा, मगर इन सबसे ऊपर इंसान की भावना भयग्रस्त नहीं होती। निर्भयता उसी का हथियार बनती है जिसे अपने आप पर बिना किसी के भय के विश्वास हो। वातावरण का प्रभाव दिखता है, दिखावा दलीलों से उजागर होता है और उज्ज्वल भी।

सबकी करनी-करानी इक दूजे से कड़ी के रथ में ही उजागर होती है।

☺☺☺

तराने

तराने तारों से लड़ने लगे, सितारों ने उफ तक ना की। तामझाम निबटा नैनों के आर-पार, घायल हुआ दिल बेचारा आज। पास बुलाया, पुचकारा फिर भी फैला ना मोहब्बते सार। सब्र करने का फल अजीब था, तभी टूटता तारा भी नजर के दूर था। तमाम उम्र की हिदायतें हथियार में बदलने लगीं, मन्नतों की दादागिरी तारो संग उलझने लगी। हाय, ये कैसी हिम्मत उसने कर डाली।

दिल का रिश्ता रिश्वत से भरा, कभी-कभी मन शक से उबरा। हकीकत का खत आज भी है लिखा। महकती खुशबू ने रुख ही बदल डाला। मन का पंछी सवालों में उलझा, उलझन को सवेरा देखने का मौका भी ना मिला।

☺☺☺

ज्वाला

ज्वाला जलन नहीं ठंडक की प्रतीत होती है, जिस गुस्से को आप ज्वाला बनने देते हैं, अपने अंतिम छोर पर बर्दाश्त के बाहर होता है और मरता है तब उस ठंडक का एहसास होता है, जिसका उत्तर आप ना जाने कितने सालों से पूछ रहे हैं। राहत अपना काम करती है और ठंडक अपना। दोनों की अपनी-अपनी जगह है। जिज्ञासा से जाल का उत्पन्न होना तो उत्पीड़न ही कहलाता है, क्योंकि उसकी पीड़ा का एहसास सालों तक रहता है।

☺☺☺

जमीर

जमीर को मारो ना मारो, ये अपने-अपने जमीर की बात है। गुनाहों की भी अपनी एक सीमा है, वरना अंत सभी का कहाँ अच्छा है। पतझड़ सावन को निगल गया, नसीहत देना भारी पड़ा। नाराज जिंदगी में रोशनी का बसेरा हुआ। आना-जाना लगा रहा, अतीत का कारण कमजोर लगा।

नजर का साथ भी दृष्टि ही तक सीमित था। पराये का भय अविश्वसनीय लगा। विश्वास को मापना सदैव उत्तीर्ण रहा, उसने कभी शर्मिन्दा ना किया। सम्मान और सभ्यता का संदेश हर कोई देता है फिर भी बहता झरना कहाँ रुकता है किसी के कहने पर। जिज्ञासा की चंचलता दिवानगी से बड़ी, दावा ना करना होगी हानि बड़ी।

अक्ल का जोश जिगर तक पहुँचता है और उसको अनुकूल भी करता है। कार्य का सक्षम होकर सार्थक लगना अपनी महत्त्वाकांक्षा का प्रतीक है। प्रयास का दौर दर्शन भी नहीं देता कि उसके परिणाम हमारे सामने आने लगते हैं। लगाव का आलिंगन अलग नहीं होता और ना अलग करता है और यही अलगाव समीप आने के लिए प्रेरित करता है। यही नजदीकी तो नाजुक होती है जो संभल गया वो जीत गया, जो नहीं वो यत्न करता रहता है।

☺☺☺

रुसवा

पढ़ ले किताब मन की, उसे रुसवा ना कर। रातों के तारों का गिनना नामुमकिन है, उसे बेपर्दा ना कर। बहकते कदम अंजाम तक ना पहुँचते। महफिलों की शान बड़े-बड़े लोगों से नहीं उनके दिलों में छिपी भावनाओं के चेहरे के उभार पर है। सिला किसी का भी हो, शिकायतों का तोहफा मिलता है। हर रोज इक नया इल्जाम इन्तहा ही हद तक देखा है। फिर भी पराए की संख्या ज्यादा है।

आ देख ले पलकों का चेहरा, चेहरे से अलग नहीं इसका किस्सा। जिंदगी अधूरी है तुम बिन, जान अधमरी है जिंदगी बिन। सपनों का कहर हर रात टूटता है फिर भी पत्तों की तरह आता है और चला जाता है। तमाम उम्र के साथी साथ देने को राजी नहीं, जंग से जन्नत नहीं जीती जाती, सब सब्र का खेल है। जीतेगा या हारेगा रंज ना कर, दिलों का फसाना है, जीतना हारना सिर्फ एक कला है। गुलदस्ता फूलों की फुलवारी ही महकायेगा, बेहतर जिंदगी को जीना आने लगा था। शोभा की आभा आपे से बाहर थी, फिर भी क्यारी फूलों से महक रही थी।

☺☺☺

कलियाँ

बिखरी कलियाँ कल की आने वाली तस्वीर है, मगर उस तस्वीर के पीछे का हाल कौन जानता है। जिगर तक रहस्य राज को और भी गहरा कर देता है। गायब रंगों की रंगभरी तस्वीर, जो रंगीन होने के साथ-साथ राजदार भी होता है और रंगीनियाँ भी रात की रानी कहलाती हैं। कहना है क्या और क्या नहीं, ये भी गीली रातों की कहानी है, जो अनकही अनजानी है। फिर भी पूरा करते-करते उम्र बीत जाती है।

आहिस्ता से उतर जमीं, रख ख्याल मेरा अपने दिल ही के अंदर। मेरी रूह से फलक तक का सफर रात के अंधेरे का दीया बने। कभी तेरी शक्ल में भी हमारा कल दिखे। नामुमकिन सही, मुमकिन तू कर, एक को पाने की खातिर दूजे को खफा तो कर। ख्याल बदल जाएंगे, जीने के तरीके चिल्लाएंगे। सबको हराकर मुझे जीतने की कोशिश तो कर, बहुत हुआ ना शिकवा ना गिला ना शिकायत ना शुमार। यही तड़का तो मैला है जीवन का, जीने की अदा कजरारी अदा। वफाओं के भेस में दगाओं का जलसा। जागते हुए हमने भी देखा सपना। सेहरा फूलों का और पंखुड़ी लापता। हाय, ये कैसा है फुलवारी का अता-पता।

☺☺☺

महसूस

महसूस का साया साथी का साथ माँगता है। माँग कर देखो, हाथ फैलाने से बहुत कुछ होता है। मंझधार का पंछी परवाह कहाँ करता है, कार्यशीलता का तकाजा भी हो जाता है, ताल का थपेड़ा थपथपाने से थर्रा उठता है। फिर भी प्यार बेकरार और अधूरा क्यों रहता है, ये जज्बातों से मिला होता है। शायद इसीलिए मायूस होने से बचा भी रहता है। परवान चढ़ने के लिए साथी का साथ हाथ माँगता है और संवेदनशील सारी कहानियाँ सम्पूर्ण दिखने लगती हैं।

☺☺☺

विस्तार

विलम्ब विस्तार का आधा हिस्सा है, जो पूरा होने का संकेत देता है। हर पन्ने को पूरा करने की चाहत में हम ना जाने कितनी कहानियों का सार कह डालते हैं। बस अपनी तृप्ति काफी है। काबिल को अगर परखोगे तो आधे झूठ बोलने भी पड़ेंगे और पढ़ने भी पड़ेंगे। पलट कर बाजी को बचाना भी चाहोगे तो अपने अंदर कहीं ना कहीं मर जाओगे। यही है जिंदगी और जीवन। जिंदगी जीने के लिये जीवन की बलि देनी ही पड़ती है।

☺☺☺

तनहाई

महकती बगीची की तनहाइयाँ मेरी फुलवारी में सजी थीं, तेरी बेपरवाहियाँ ही तो दिल के करीब थीं। तेरा अंदाजे बयां किसी रुसवाई से कम ना था। सजावट का तरीका बादशाही ना सही मगर हर फूल नखरे से भरापूरा था। बेखबर रात की गूंज का सफर ना जाने किन रास्तों पे ले आया। ना ही तू आया, ना ही खुशबू ने साथ दिया। मजनू कई हैं गुलाम मेहबूब। मोहब्बत की पेशी हर लम्हे बदलती है, ये निशानी भी प्रेम की होती है।

मन से होकर ही मेहबूब का चेहरा दिखता और खिलता है, यही सच जताना बाकी है।

☺☺☺

स्थिति

पलभर की स्थिति स्थानीय हो जाती है। मगर उस स्थान से स्थानीय होना संतुलन कहलाता है। साथ से सादगी का मिलन अपनत्व कहलाता है। एक तरह की औपचारिकता तो नहीं, हाँ आँख मिचौली खेलती ही नजर आती है। कभी रिश्तों से, कभी जज्बातों से, कभी सच से और कभी झूठ से, लेकिन होता वही है जो सार्थक होता है। बस, अलग-अलग नजरिए और जरिए दिखाने पड़ते हैं। चलता है तभी आज तक कायम है।

☺☺☺

रंज

सोचें दिल को दिल की राह। इकरार का रंज नहीं, इकरार भी तो किया नहीं। कमाल की बातें, बिंदास मुलाकातें, यही है मोहब्बतें, गुमनाम की हसीन बातें। तू अपनी जगह मैं अपनी। बर्बादी में मन और प्यार दोनों हार गया। महखाने महकने बंद हुए अनजाम तरसते रहे, महबूब से मिलने की आस में हर उम्मीद को उदासी में बदलते रहे। खनक कर ख्याति मिली। कभी प्यार हारा तो कभी जग जीता। घायल मन विचलित होने लगा, मन का मंडप डावांडोल सही, डाल का पंछी टहनी को तरसने लगा। फिर भी प्यार बलवान और पाकीजा कहलाया। अनकहा भी लगा और अजीब भी।

☺☺☺

गम

गुजारा गम से नहीं, खुशी से कोशिश कर रहे थे, पर फिर भी ना जाने कहीं ना कहीं रास्ते में रुकावटें आ ही जाती हैं। गुमान इस बात का नहीं कि हम कितने प्रशस्त हैं, जबकि खुद को संपूर्ण देखने की खातिर हम ना जाने क्या-क्या कर जाते हैं, पर क्यों? सोच कर भी कोई जरूरी नहीं समझता कि वो किस हद तक जाने को तैयार हो जाता है। महल बनेगा या बिगड़ेगा या टूटेगा कौन जाने मगर मुरम्मत तकदीर की, महल ही की तरह होती है।

☺☺☺

आस

प्यासी आँखों को सावन की आस। कभी सूखी तो कभी तरल करने का प्रयास। यही सबूत है काफी सबक के लिए। आँखों की नमी को नकारना मुश्किल था। नमकीन पानी आँखों की पहचान बना।

डिब्बे का बंद मोती मस्त होकर मस्त ही रहा। मोहताजी को कोई काम नहीं, ताज का सिक्का अपनी जगह पाने को तरसता ही रहा। दरमियाँ दरारों का काँटा कंटीला होते-होते बचा। बहारों का आना जाना वही का वही था, तरलता का काम तकाजा कर गया, तभी एक हारा एक जीत गया।

इंसान की कला कलाबाजी खाती रहती है। सभी को खूबसूरत दिखने का शौक है, इसलिए अपने को बनाए रखने के लिए कुछ ना कुछ अपने अस्तित्व के साथ इंसान करता ही रहता है। कभी चेहरे को अच्छे से बहुत अच्छा दिखना, तो कभी शरीर को नए-नए लिबासों से अपने को पूरा करना। फब्त तो आती है मगर उस फब्त के साथ न्याय कोई-कोई कर पाता है।

खूबसूरत दिखना हर किसी को अच्छा लगता है।

☺☺☺

आलम

किनारे पर आते-आते सुबह होने को है, वो भी तेरे दीदार को तरसती है। अधरों को भींचे हुए, भयभीत अंधेरों में लिपटे हुए काले सायों की परछाइयों में आधा विश्वास, दिल बिंदास। बेलगाम आलम, नशा बेहिसाब। संगम भी जश्न मनाने को है, नूरे नूरानी की छाया क्या कहते, किससे कहते ये आलम भी अजीब लगा, शायद इसी को प्यार कहा गया, जो दुनिया को बंधनों का मतलब सिखा गया। सीरत और सूरत दोनों पूरक देखने दिखाने की प्रतिक्रिया, विश्वास-प्रतिघात का साथ, धोखा आदतों के अधीन दुनिया में सरेआम भिड़ने लगा। यही जीत तो सोचने को विचलित करने लगा।

☺☺☺

नीलामी

आकाश का रंग नीलामी के दौर से गुजर रहा था, नीला होकर भी कई रंगों से आधा-अधूरा भरा और फीका। ना जाने कितने इंद्रधनुषों को अपने साथ लेकर चलता आसमान का दिल। बंजारों की तरह कभी तूफां से तो कभी घटाओं से और कभी बादलों से भिड़ ही जाता है, मजबूर है, उसी के घर का सदस्य है, जो कभी-कभी तो इकट्ठे चलते हैं और सारे प्यार-मोहब्बत, गिले-शिकवे बांट कर कुछ क्षणों बाद वापस अपने-अपने स्थान पर।

☺☺☺

आदत

आदत तेरी मेरी मजबूरी में थी, मन माना ही नहीं, बेखबर रातों का नजारा तेरी आँखों से देखा। जमाना बिताया तुझ संग, सदी का हिसाब भी कम ना हुआ, फिर भी तेरे भावों का हर पहर परेशां करने लगा, बस तेरे-मेरे बीच कुछ रहा ही नहीं, तू किसी का होकर भी उसकी रूह तक ना पहुँचा। कर्कश बोली ठेस लगाती है, कोयल उसी पर मरहम। हर बलवान और कमजोर की यही है कमजोरी, मेरी करनी का कारण बनता है बेकसूर होकर भी पछताता। आईना यही दर्शाता है कि बलवान किस कदर कमजोर पर हावी रहता है।

तेरे प्यार की खातिर मैंने इंकार किया था। तुझे रुसवा होते बचाया गया था, ये मेरा अपना किया कराया था। कब का कारनामा काल के अंदर आस का प्रमाण बनकर चक्रव्यूह की तरह चक्कर लगाता रहता है। लगाव को लगन की जरूरत नहीं पड़ती, तभी तो आक्रमण करने की नौबत ही नहीं आती। बस यही तो समझ का सौदा है, समझदार को इशारा काफी है।

☺☺☺

किनारा-1

बेसहारा किनारों की तलाश में तसल्ली की नाव है। सम्मान मेरा वो था, मेहमां चन्द दिनों का नहीं जन्मों का प्यार है। जांबाज सब हैं, प्रयत्न सभी करते हैं, प्यार से बंधे ना जाने कितने रोग हैं जो दीमक की तरह खोखला करते हैं और जहर से भी जहरीले हैं। आशिकों का चोला अश्कों से भरा हुआ, बयां करने का तरीका भी अब सरेआम हुआ। रातों के जुगनू उजाले की चाह में मर्यादाओं को लाँघने लगे। खामोश दीवारों ने भी चिल्लाना आम कर दिया। प्यार तभी से अधूरा कहलाने लगा।

☺☺☺

नजारे

उसने पूछा कहाँ बिताया दिन, मैं तुममें ही खोया रहा, याद आया ही नहीं। तेरे प्यार के नजारे मिले, कदम दर कदम तूने बहलाया ही नहीं, ना जश्न, ना जुनून, तेरी याद ना हुई कम। काली रातों के धुंधले धुएं उड़ा दिए सारे तराने, जो मुझे भाये ही नहीं। ये विपत्ति भी अपनी लगी, तू जो मुझे अपनी लगी। आँखों ही आँखों में ठहाका लगा। रोज का सिलसिला आदत बनती गयी, ना इकरार ना इजहार, वक्त करीब आने लगा। बिन आग के धुआं निकलते हुए सबने देखा। फिर भी दुनिया दकियानूसी, यही तो व्यथा है। ☺☺☺

नमी

आँखें भरतीं फिर नम होतीं और तब ना जाने कितने भावों को प्रतीक बनाती हैं। पाकर खोना दुखदायी है, दया से ऊपर दांव ही है, दरमियाँ सिर्फ वजह का होना जरूरी है, बिन वजह भी आँखों को मिलावट करना आता है, तभी तो अपने व्यक्तित्व की पहचान होती है, कितने समझते हैं नहीं मालूम, समझ के भी नासमझ बनना, ये भी सिलसिला है। चाहने पर भी चेहरे के भाव नहीं छुपते।

दीपक के उजाले का साया जलता–बुझता है, उसका व्यवहार स्वाभाविक है, तेल की तलाश दीयों को परेशान करने लगी, हर लम्हा इस बात से वाकिफ था। बेचैनी बेबसी से जा उलझी। शक से उभरा शर्म का फासला, बीच के वक्त का है राज ये गहरा। तकदीर का आदर करो, इज्जत ना सही बेइज्जत ना करो, यह रवैया भी कहीं ना कहीं उधार की हँसी है उल्टा मिला गम यही हकीकत है, निभाने का नाम ही दुनियादारी है फिर हँसी की क्यों कमी है। शायद बदल जाए दुनिया का भाव, मुश्किल है मगर नामुमकिन कुछ भी नहीं।

☺☺☺

अकेलापन

सबके बीच में होकर भी अकेला होना बदकिस्मती है। अक्ल पर जोर डाला तो दिमाग हावी और भारी दोनों संकेत देने लगा। कई बार सोचा, जिंदगी को खत्म कर लूं, नहीं कर पाई, पता नहीं क्यूं, किसी को जरूरत नहीं है मेरी। बस खुद ही पर बोझ बन गई हूँ, मन खाली, दिल खाली, दिल में खलबली, ना जाने क्यूं स्थिर नहीं हो पा रहा था सब। चाहने पर भी बस चुप रहने की सोची, शायद कुछ करामात हो जाए, देखते हैं जादू में कितनी शक्ति है। ☺☺☺

अंदाज-1

गलत अंदाज, शीशे से बाहर जारी ताका-झाँकी, बाकी हद से बाहर। हर हिदायत का दौर सबसे बुरा पड़ाव, हर बदसलूकी का होगा यही हिसाब-किताब। आसान-सा वार वरदान का मोहताज वीरान गलियों में भी तंग बाजार। बदलती आहों का अहंकार आईना दिखाता हम ही को बार-बार। बहाना चाहिए संसार को, व्यंग्य को ही बनाता अपना हथियार। कमजोर का आघात कमजोरी दर्शाता बार-बार। यही बढ़ाता व्याकुलता भी बार-बार। बहाना सबका सच्चा, सच्चाई का रूप सुनहरा।

☺☺☺

अनुभव

बहुत कुछ करना चाहती हूँ, नहीं कर पा रही। नहीं जानती दौड़ना, चाहती हूँ, अंतहीन, दिशाहीन और एक अलग एहसास। मुझे अनुभव कब होगा और कब मैं संतुष्ट हो सकूंगी पता नहीं। पाकर भी खाली, सौभाग्य के साथ दुर्भाग्य भी, दर-दर भटकी, भटक-भटक कर भयभीत मन का सच निकालने से भी डर लगता है। शायद खुद से सामना मुश्किल हो जाएगा। रास्ते में पड़े किसी फूल को कुचलने का दुख जैसा ही आभास, मेरा अपना मेरे प्रति भी सही।

☺☺☺

काजल

सुकून का काजल आँखों को नम कर गया, नैनों का धुंधलापन अपने को ही कोसता रहा। कंचन-सी काया का मखमली अंदाज। अदायगी से भरा हर दिल लाजवाब, फिर भी प्यार हैरानी के अलावा कुछ ना दे पाया। लगन में मग्न मुझे संजो के रख, मनमुटाव दूर कर और प्यार पा कर देख। दिल का रिश्ता रिश्वत से भरा, मन को शक से दूर तू रख। हवा का रुख भी बदल जायेगा। मन का पंछी कगार पर जा उड़ा। उलझनों का सवेरा दिखाने का मौका भी ना मिला। आकाश परिन्दों की तबाही लाया। गिरते पक्षियों के पंखों का कहर दिल में बस गया। करीब जाकर देखा तो दर्द का पता लगा।

☺☺☺

हलचल

तांडव का तकदीर से हलचल मचाना तहलका कहलाता है। कंचन-कंचन काल में चेहरा उसका या जिसका भी हो भयानक ही दिखता है। दिखावट की दिवानगी दादागिरी कहलाने लगी। किलकारी मन की, दिल तक कभी पहुँच न सकी और स्फूर्ति शरीर ने कभी अपनाई नहीं, ये भी इक तरह की स्थिरता थी, जो अस्थिर थी, डॉवाडोल थी, लेकिन एक उम्मीद के दम पर उसको जागरूक करना भी बहुत बड़ी बात है।

☺☺☺

सीरत

अलग सूरत अलग सीरतें, फिर भी निभाने का जज्बा, एक के बाद एक रिश्ता मुंह उठाकर खड़ा रहता है और कहता है मुझे भी खुश रख, ये तेरा फर्ज है। फरियाद और फरमान का अहम सिक्का सजदा करने पर मजबूर कर रहा था। कारण कुछ भी हो कसक और टीस एक जैसे हैं, दोनों का कारण और प्रमाण एक जैसे हैं और परिणाम एक-दूजे से पूरक। प्रयास करें तो निभाया जा सकता है, मगर अपनी ही खुशी का महत्त्व लुप्त हो जाता है।

☺☺☺

श्रेणी

लूटपाट एक अकस्मात श्रेणी है। दिल की लूट पर हक सिर्फ अपने प्यार का ही होता है और उसे हक देते भी हैं, फिर भी कहीं ना कहीं कमी क्यों रहती है, यही समझना मुश्किल है। मशक्कत कर-कर के मस्का मारने की आदत भी लूट ली जाती है। कितना सच कितना झूठ, इंसान के अंदर की हिमाकत और उसका कड़ा रूप रूपाकर्षण ही कहलाता है। लूट का ठप्पा एक ही बारी में ठोक-बजा कर पता चलता है। जी हाँ, प्यार पास रहे यही अच्छा होता है।

☺☺☺

तस्वीर

तस्वीर तारूख कराती है खुद से, अपने आप से, आपके अपने व्यक्तित्व से। तसव्वुर का तख्त भी ऊँचा होता है और ऊँचाइयों की कदर कहानी के अंतर्गत आती है। तारीफ का सिक्का जब उछलता है, साहस खुद ब खुद अपने अंदर आने लगता है। आम दर्शक बनकर दरमियां बहती नदियों को फासले तक लाना या तय करना नामुमकिन हो जाता है और सारे फरेब खुद ब खुद सामने आने लगते हैं।

क्रूरता के आगे आक्रोश का स्वर साधारण ही रहे तो अच्छा है।

☺☺☺

बेरुखी

अलग होकर भी बेरुखी उत्तम थी और उपहार की जननी भी। जान से जिगर तक का कर्ज, उसका अपना महत्त्व है, मसीहा किसी भी रूप में आपको मिल सकता है। साकार से सच्चा बनना मुश्किल है और झूठ से अपमानित होना शर्मसार। दर्जा और गुनाह कैसा भी हो, झूठ का दर्जा मिट्टी में मिलाने लायक ही होता है और गुनाह माफी के लायक कभी नहीं होता।

☺☺☺

पनाह

पनाहों को बहने दो, मुझे अपने करीब आने दो। साजों की महफिल सजेगी, कभी तो गीत गुनगुनाएगी। गलती से भी गुजारिश को अनदेखा मत करना। शख्सियत कैसी भी हो, चांदी सिर्फ सूरत की ही कहलाती है। स्वीकार करना, ना करना आपका अपना निर्णय है। नक्ल का अस्ल बनाना मुश्किल है, मगर खुद को बदलना नामुमकिन है।

अपने आप को आईने में देखा तो वो भी रूठ गया, मुझे बेरंग रहने की आदत हो गई थी और उसे यही स्वीकार करने में मुश्किल हो रही थी। कृतज्ञ से कृतघ्न होना कायरता नहीं कारस्तानी है, जो गिने–चुने लोगों में पाई जाती है, जिसे स्वीकृति और अस्वीकृति दोनों रूपों में अपनाया गया है।

☺☺☺

कटाक्ष

वाक्यों के परिहार पर परछाईं किसी और की थी, तभी तो कटाक्ष बन कर काटने को दौड़ रही थी। कंटीले सफर पर कांटों का ही साथ होना था, सो मिला और फिर चुभन का अनुभव मुझे ही क्यों हुआ। बस यही सोचना दुश्वार कर रहा था कि आखिर मेरे साथ ही क्यों? क्यों ना बदलते वक्त को कबूल किया, जिसके नसीब में जो था वही उसे मिलता गया। इसमें उदासी का मंजर कहाँ से आया, बस सोचता रहा दिमाग, जिसे दिल मानने को तैयार नहीं था।

☺☺☺

मायाजाल

प्यार की सीरतें सूरतों से उभारी जाती हैं, तभी तो मायाजाल कहलाती है। प्यार से ली झपकी फिर ना सहमी आँखों की मस्ती। मस्तानी आँखों की तांका–झांकी का शरारती अन्दाज, दिल कहीं ना कहीं दगाबाज, दामन का लिबास सौ सिसकियों के बाद, अपनों का साथ फिर भी अकेलेपन का एहसास। असर से आंकना बिलकुल हस्तक्षेप का विचार, फिर भी हर इन्सां बेबाक बि्न्दास, शायद यही है संसार, ताश के पत्तों सा बिखराव विचारों पर भारी पड़ रहा था। बस ढूंढ़ रहे थे इन्हीं में अपने जवाबों को, कई दिन कई रातें हैं इसकी गवाह, नहीं सो पाये क्योंकि थे हम लाचार।

☺☺☺

सौगात

सौगातों का गलना शुरू हो रहा था, तेरे वादों पर से विश्वास उठता जा रहा था। तेरी कहानी का कर्ज सारांश से उभरकर सामने था, मगर खुद से पीछा छुड़ाने का कोई रास्ता नहीं बचा। दिल से जो हारी फिर कभी ना जीती। दिल से हारने वाले दूर हो जाते हैं, क्योंकि दिमाग काम करना बंद कर देता है। बयान दिल का दिलवालों से सुलझा, तभी तो कभी पनप नहीं सका।

जीना तो पड़ता है हर हाल में, सही भी है, अपनों से पीछा छुड़ाना आसान नहीं है।

☺☺☺

दायित्व

हर दृष्टि का दायित्व दरवाजे तक सीमित था, फिर भी दीवारों के छेदों में कुछ पनपता है। हर पल, हर लम्हा, हर इतिहास की हंसती हुई कहानियाँ, मनोरंजन के रूप में बनते-बिगड़ते जज्बात, एहसास, भाव, गुस्सा और ना जाने कितने शब्द, जिन्हें हम अनदेखा कर महत्त्व नहीं देते हैं, जान कर उनके विरुद्ध नहीं बोलना और सारा माहौल संभालते हुए अपने को ही तसल्ली देना अच्छा तरीका है, खुद ही से खुदगर्जी का। सब जायज हैं, सांत्वना जरूरी है खुद ही के लिये।

☺☺☺

तारीफ

दस्तूर तारीफों के अन्दर की एक सीमा में समयबद्ध होता है, जो आतुर रहता है अपने ही किसी एक खास के लिये। बहानों को बह जाने दो, बहके हुए कदम भी वापसी की माँग करेंगे, जो दस्तूर है वो साझे रहेंगे, रातों के टिमटिमाते तारे और आकाश का गूंगापन बाँटने के लिये भी कोई चाहिये, उसके लिए भी आवाम का होना जरूरी है और आदरणीय भी। चुप रह कर भी मूक चीजें अपने को व्यक्त करती हैं।

जमाने की दुहाई ने मचाई तबाही, ये किलकारी भी रास ना आई। अंजुमन के तहत मेरे माजी का दर्पण मीठा होकर भी कर्कश, क्या कहें कोयल भी सुनने को बेसब्र, कुछ ऐसी ही कहानियाँ ना जाने क्यूँ याद आईं। प्यार से दूर होकर भी प्यार की दास्ताँ याद आई। मोहब्बते अंगड़ाई ने बहुत धूम मचाई, क्योंकि दिल में तेरी ही थी परछाईं, जो कभी हँसी तो कभी खिलखिलाई। प्यार के पंछी फिर भी उड़ने को तरसते रहे, हाय ये खंजर भी था बड़ा ही भयंकर। बहार का शोर बहारों से भिड़कर प्रयास करता है, यही तो प्रेम का आधार कहलाता है।

☺☺☺

तारे

रातों के तारे इक दूजे से गुफ्तगू करते हैं। इस जंगल में मंगल कार्यक्रम होना जरूरी है। जी हाँ, सच ही है, आवाजों को साजों का साथ चाहिये, तभी बिजली चमकने पर पता चला कि बादल कितने खुश हैं और बूँदों के संकेत में बारिश को भी न्यौता देते हैं। चाँद चाँदनी का स्वागत अतिथि की तरह करता दिखाई देता है। आकाश के अधूरेपन को सबने सोंधी–सोंधी रात में ही संपूर्ण होते देखा, बहुत अलग विकल्प हैं इस प्रकृति के।

चाहतों को बंद करो आजमाना, अंधेरों की साजिशों का होता है रोज यहाँ बहाना। ना उम्र का अभाव ना ही क्रोध सलाहकार, फिर भी मोहब्बते सरूर मचाता हाहाकार। मनचाहे अरमानों को पूरा करने की होड़, तुझे पाने के लिये ना जाने कितने रास्ते लिये खोज, फिर भी दर्द सिसकता ही रहा हर रोज। पलट कर जब भी देखा चाँद को मुस्कुराते देखा। फिर भी बेखबर थे मेरे जज्बात। तुझे खोना गंवारा नहीं। प्यार वफा का प्रमाण है, तभी तो निखरता प्रेम का हर वार है।

☺☺☺

स्वागत

तकल्लुफ बेगानों से कम और अपनों से ज्यादा होता है, जानते हैं क्यों सबसे मुश्किल काम अपनों को खुश रखना है, तभी खुशी भी खुले दिल से हमारा स्वागत करती है, जो सही भी है। गले लगाने से पूर्व कई चुनौतियों को पार भी करना होता है, फिर भी बेबाक, बिन्दास हँसी, उस खुशी को और भी दुगुना, चौगुना कर देती है।

खुशी को हस्तक्षेप कर हँसी का उद्धार होता है।

फासलों का राज है बिन्दास बेमिसाल। काहे की गुजारिश, काहे का साज, सजने दो मेरे प्यार के खिताब को, वो मेरा है, कर लेने दो यकीं, काहे की जीत, काहे की हार। हस्ती पुरानी रहती निगरानी में, मेरा हर लम्हा तुझसे जो जुड़ा, कसक की कहानी क्या छोटी, क्या लम्बी। मोहब्बत की सदा ही जै जै कार ही छायी। उन आशाओं को छोड़ो जो सोच से संग्राम करती हैं। लगाव का कसूर नहीं, दिल को समझाना बाकी है। प्रेम के जलते चिरागों में इक शमा मुस्कुराती ही रहती है, तभी तो उजाले की लौ बरकरार रहती है।

☺☺☺

सुकून

सूक्ष्म से सूक्ष्म सुकून भी सजल हो उठता है, मन में विचार आते-गिरते अपने ही प्रयासों पर चीख उठते हैं, लेकिन फिर भी पारी का एतबार रहता है और रह-रहकर राजी भी होते हैं। रात का अंधेरा धरा का धरा रह जाये तो क्या कहने, काजल को बहाने की जरूरत नहीं पड़ती काला होने के लिये। हाँ, अच्छी साजिश भी काजल की एक बिंदु से उभरती है, ये जानकर भी आश्चर्य होता है, लेकिन सच भी है।

काजल का दूसरा पहलू वजनदार होता है।

☺☺☺

हकीकत

हकीकत की मार धिक्कारती हर रात, स्वर बोल से टकराये तो शब्दों की नयी शुरुआत हुई। ये तकाजा भी अलग है, समझने वालों के लिये बहुत कुछ है। भरोसे से खिलवाड़ है, खेल बेमिसाल है, जो सालों की फरियाद है, उलझनों की बाढ़ है। करके देखो मोहब्बत, हंसो तो लगाती नजर है वरना रोती और बिलखती है। प्यार की कहानियाँ बढ़ाती सिर्फ बेताबियाँ हैं। बरबादी का अन्दाजा हर इक को कहाँ था। तारूफ से खिलवाड़ खेलता हर रोज है। सांझ सवेरे की यही इक सौगात है, जो ना जाने कितने बिखेरती अन्दाज है।

☺☺☺

समीक्षा

समाधान से समीक्षा की उपेक्षा कभी मत करना। साथ चलने के अलावा कुछ नहीं मिलेगा और हाथ कुछ भी लग गया तो पूरा कुछ भी ना होगा। अहंकार की करनी पुरानी सही, फिर भी अपने उग्र रूप में खुश ही रहती है। अन्दर के दानव को दीवारों में कैद मत रहने दो, बाहर निकलेंगे तो भिड़ेंगे, बिना भिड़े कोई परिणाम नहीं निकलेगा। ना चाहते हुए भी चस्का अधूरा ही रहता है, ये ऐसा विशेषण है जो पूर्ति करते-करते प्राप्त होता है।

☺☺☺

आलिंगन

तेरे सिवा किसी को सोचा नहीं और तूने सारे जहान का ठेका ले लिया। हमने तेरे लिये क्या-क्या ना किया। तेरे ही आलिंगन से अलग होने का मतलब समझ आने लगा। यही दास्तां अन्त तक ना थमी, प्यार से मारा तूने फिर भी आँखें मुस्कुराती रही। मेरे प्यार का अंजुमन लक्ष्य से जुड़ा था, ये भी बताना बहुत मुश्किल था। कल की तनहाइयाँ भी अधूरी और अधमरी ही नजर आईं, चेहरे के आईने ने रख दी सारी सच्चाई। तू बेवफा नहीं, तुझे प्यार की संगत ही रास ना आई। समझौता कड़ा सही, त्याग पुराना है। जुबां की जुंबिशें जबरदस्त खजाना है। तुझी पे शुरू, तुझी पे खत्म सारा फसाना है।

☺☺☺

गुमसुम

होंठों पे गुपचुप, गुमसुम कहानियाँ हैं, ना जाने क्यूँ संभाली है मैंने, शायद सीने में तेरी चाहत का खजाना है। सूखी नदियों में अक्सर लहराती रुसवाई है, लकीरों के बन्धन से कौन मुक्त हो पाया है। फिर भी चेहरे पे हँसी धूप की तरह खिलती है, यही सच तो जिन्दगी का आईना है। मोहब्बत की ताजगी खिली गुलाब-सी कभी चुभती तो कभी कोमल-सी, जो मेरे बस में नहीं था यही तो मेरा अक्स था, जो था तुझी पे शर्मिंदा। जो मोहब्बत के हर लिबास में सहमा ही नजर आया।

भाषा का असर ना ही खत्म होता है और ना ही शुरू, वो भावों को व्यक्त करता है, वाद-विवाद के बाद निर्णय हो ही जाता है। आपका लहजा लाचार से लचीला बनाना अपने ही गौरव और गरिमा के अन्दर का नूर होता है, जो नूरानी होकर भी नकारा नहीं जाता। ना आदतों से भाषा ना ही आघातों से तकरार, तारीखें बदलकर देख लो कौन किसके वश में रहा, सबका अपना-अपना औचित्य और अपना-अपना मत, यही तो है संसार।

☺☺☺

हुस्न

हर इच्छा में तू शामिल है, इकलौती फरियाद है। हुस्न का दौर है, तभी तो नाराज है। अनजाना साया है सेहरा पहरेदार है, मदमस्त आवाज है, मोहब्बत बेलगाम है। यही इक नशा है जो फैला चारों ओर है, ख्वाबों से भिड़ती जो निरंतर लगातार है। सावन का संघर्ष बारिशों के संग स्वागत हर ऋतु का करता ये दिल खोलकर। आकाश का सितारा कभी चमका और चाहकर भी चांद ने कभी गरूर नहीं किया। चांदनी की अदायगी इतराती, हर शाम सितारों से खेलती आँख मिचौली और इठलाती हर रात।

इसका भी है ये नया अन्दाज।

आरजू जब रंज में होती है तो रंगहीन कहलाती है और दिखाई भी देती है। रंगों के साथ रंज का गम कम होने लगता है। लगाव का कीड़ा कैसा भी हो कर्ज के अन्तर्गत ना आकर कटनी कहलाता है। कारण कुछ भी हो, कबूल कर लेने में हमारा भला और सम्मान ही है। सागर का पानी जब-जब लहराया लम्बा साहित्य तभी याद आया। यादों के अंजुमन में अनजाना कोई नहीं निकला, ना ही याद आया, ना ही भुलाया गया।

☺☺☺

तसव्वुर

आवाज का सरूर तसव्वुर में बदलने लगा, घायल कर गयी अदा और हमें हंसना सिखा गया। जलने का इन्तजार जुगनू जतला गया, यादों से बाहर औरों का ख्याल मुझे खुद से पराया करने लगा। उधार की जिंदगी उधेड़बुन में फंसी। जिगर की तह से सिर्फ तुझे ही निहारा है मैंने, यही तो है प्रेमियों की वफा, रंज नहीं जरा भी इसका। सुईयां बेलगाम थीं, वक्त भी चालाक, सच भी आजाद। दोस्ती की पहचान न्यौछावर जिस्मो जान, जरूरी है मोहब्बत बाकी सब बेकार।

उत्तीर्ण को परिपूर्ण करना उत्तेजना का रूप होता है और उससे बंधे रहकर संवेदनशील रहता है। राहत का जादू जादूगिरी तो नहीं ख्याति कहलाती है। कहना ही क्या, कारस्तानी कैसी भी हो कातिल ही कहलाती है। जो गम दे उसे बहा दो, जो हंसा दे उसे लहरा दो, लचक कहीं नहीं जायेगी, और लाचार होकर लांछन ही लगायेगी। लग्न का जश्न शानदार नहीं मगर अपनी महत्त्वाकांक्षा का सार संवेदनशील ही होना चाहिये।

☺☺☺

चुनौती

चेहरे की कशिश ने दिया दगा कराहती नजरों को। आसरा किसी का मिलने लगा, प्यार का पैमाना पलभर की पुनीति बन गया। फिसली नजर, हुई हरकत, एतबार विश्वास कुछ नहीं है मेरे पास। दीदार की ख्वाहिश नहीं इक दुआ ही काफी है जीने के लिये। सिर्फ यही माँग तो जरूरी है। ना दिवाना, ना दिवानगी, बस इतनी-सी है गुजारिश, इक बार गले लगा ले, ना सुना जज्बात अपने, कभी धड़कनों को अपनी बढ़ने तो दे। ना करना इजहार कभी लबों से। मोहब्बत को पनाह तो लेने दे।

अपना के देख तो मुझे।

अलौकिक, अलबेली, अनजानी, अनचाही, शाश्वत, अवहेलना का दौर दरमियाँ हमारी ही साक्षरता का प्रमाण देता है, फिर भी बेनकाब है जरिया और जलजला। जलूस निकलने के बाद ही जन्नत का आभास होता है, क्योंकि जनता का रस जो इस शब्द में मिला होता है। जब महत्त्व का कीड़ा खुद ही को कचोटने लगता है, तब पता लगता है अपना महत्त्व और फिर आत्मा को शिथिलता प्रदान करता है। यही सच है, हम कुदरत के प्रतिरूप हैं।

☺☺☺

विरासत

आशिकी का वास्ता, विरासत का टुकड़ा, पलभर की जिज्ञासा और दिल धड़कने लगा। लगाव का परिहार हर प्रेमी पर बरसा, हर आशिक की कहानी का यही मोड़ तो खरा लगा, फिर भी रहा अधूरा का अधूरा। हाय, अपनी जवानी का किस्सा हर इक को याद आने लगा। हर हवा में किलकारी होगी और हर हवा में तेरी ही खुशबू होगी। रब्ब की मोहब्बत महक का पुजारी है, यही प्यार मेरा, दिल बैसाखी, बस यूं ही चलता है तमाशा दिलों का। प्रीत की गहराई सदियों से चली चलाई।

☺☺☺

झनकार

ताशों का झुण्ड झनकार का काम करती है। पत्तों को बिखेरकर समेटने का काम करते हैं, तो तराशा जाता है हर इक पत्ता, और हर पत्ते का अपना महत्त्व होता है, जो जाने-अनजाने हमारे ही प्रमाणों से जुड़ा होता है, जो दिखता कुछ और दिखाता कुछ है। अपनी-अपनी समझ का सार है। सार्थक से सार्थकता का स्वरूप स्थानीय कहलाता है, तभी तो आंका जाता है। अक्सर ये आकांक्षा का आंकलन अवहेलना कहलाता है। बस इसी कशमकश में सिमट जाते हैं और समेट लेते हैं ना जाने कितने किस्से हिस्से। ☺☺☺

खता

प्यार का प्याला बनावटी होकर भी रंगों में उलझा। यही तो है खताओं का बवन्डर सबसे बड़ा। तेरे पहलू के मोहताज रहे हम, तूने आगोश का मतलब समझाया ही नहीं। प्यार की चाह में गुनाहों से बचते गये और तूने पहचाना भी नहीं। प्यार सदा से सच का मोहताज रहा, यही सच तो तकलीफ से सराबोर लगा, फिर भी डुबकी लगाना अच्छा लगा। हर कारवां मोहब्बत से जा भिड़ा, फिर भी मोहब्बते जुनून हिम्मते जुनून में बदलता अच्छा लगा।

प्रकृति की आकृति हमें जीने की ऊर्जा देती है, क्योंकि प्रकृति सच है, मिलनसार प्रवृत्ति की है, मिलकर भी मिलनसार और अपनत्व की निशानी कहलाती है। जो ना कभी लुप्त होती है और ना कभी ओझल, बस समझने वाला चाहिये। प्रकृति को निहारना हमारा अपना मनोबल है। मानसिक रूपों की मनोवृत्ति हमारे दिमाग की उपज होती है और हस्तक्षेप भी बस उसमें लीन रहने देती है।

आदरणीय है प्रकृति, जिसकी पनाह में हमें छाया और साया दोनों मिल रहे हैं।

☺☺☺

बाजीगर

हर चेहरा तेरा लगा हर नजर में तेरी अदा, ना हो जाये कोई खता, मैंने समझाया दिल को बहुत, कमबख्त दिल भी बाजीगर निकला। ये है आज के सवेरे का पहला किस्सा। ताकाझांकी करता सूरज और रात का चांद भी सिरफिरा ही निकला। आँखों की किलकारियाँ कभी हंसने और कभी रोने की तैयारियाँ करने लगीं। अनकही अनजानी कहानियाँ आने वाले कल में रोशनी ढूंढ़ने लगीं। ना रिहाई ना, अंगड़ाई, भरोसे की आग ने नींदे उड़ाई, जिसमें थी रंगों की तबाही, तभी दिन-रात खिलखिलाती ही नजर आई।

☺☺☺

तकाजा

प्यार का तकाजा तरन्नुम का काम करता है, कल का आघात आज काम करता है। दोनों का अपना-अपना महत्त्व है। मौलिक इच्छाओं का जरिया खुद ही से बनता है और बीता हुआ कल जो आज में परिवर्तित होता है, विश्वसनीय होता है और विश्वास को प्रकाश में लाना ही उत्तीर्ण होता है। अक्सर हवाओं का दौर किसी और मंजिल का इशारा होती है, जिसे हम अपने आधीन मानते हैं। मनचाहा पाकर भी मन मुताबिक ना पाना एक आघात-सा है पर अपनाना ही समझदारी है।

☺☺☺

मंजिल

परदे के पीछे प्यार के प्याले पिघले तो पागलपन वरना नासमझ। महक के अंदर खुशबुओं के समुद्र, आदतों के मंजर मंजिलों के अंदर। ना कहा, ना सहेजा, यही तो मोहब्बते सार, जो रहती भयभीत अक्सर। अंधेरे की स्याही ठहर ना जाए कहीं, मेलमिलाप जारी रहा और बातों का कारवाँ आंखों में रहा, मसीहा मेरा दिलबर है, ना प्यार दगाबाज है ना मोहब्बत जलील है। फिर भी मनचाही इबादत बदनाम ही क्यों नजर आई, ना पलटी ना उजड़ी, बस सभी को ना भाई। तभी प्यासी ही नजर आई।

☺☺☺

सरल

साधारण इंसान धारणाओं के अंतर्गत आता है, तभी असामान्य या असंतुष्ट नहीं कहलाता। सरल से सरल धारणाओं के प्रति करणी को उजागर करना ही एक सरल शैली है, जो समझ आए तभी समझाई भी जाती है। सुनहरे सपने के अपनेपन की एक इकलौती लकीर है, जो मिटकर फिर उभर जाती है। माथे से होकर लबों और चेहरे को भावों से भर देती है। बच निकलने का कोई रास्ता नहीं है, क्योंकि छुपाने की कोई और जगह ही नहीं है।

☺☺☺

रोशनी

आँखों का दिलासा है रोशनी को चुराने तू आएगा। तलाश का गहना ना तेरा, ना मेरा। दायरे मोहब्बत के मोह में जा उलझे, अंधी कायनात ने कितने प्रेमी उजाड़ दिए। यही रवैया सताने लगा, हर आहट का सिक्का सहेली मेरी बना। गलत निगाहों के वार ने हलचल को न्यौता दिया और बाकियों को बेगाना किया। बिगड़ती बातों का बर्ताव बेहतरीन लगा। बेखबर इतिहास का साहस तेरी झलक में दिखा। उसी की छाँव में आत्मसमर्पण करना पड़ा।
☺☺☺

हसरतें

तमाम हसरतें सीरतों पर कायल और घायल हुईं, हँसी फिर भी जगजाहिर हुई, ये कैसा तकाजा था, जो दिल से शुरू होकर दिल पे ही खत्म था। जज्बा सच्चा मगर संघर्षपूर्ण लगा, फिर भी अपनाना मुश्किल लगा। सब्र का ताज खुद ही को संयम देने लगा। स्याही से लिखा हर लम्हा, इंतजार की हदें अभी भी बाकी हैं। शिकायतें फिर भी बेपनाह बरबादी की ओट में शरमाती हैं। सारांश से प्रतिरूप हूं फिर भी सच्चाई से बेनूर हूँ। आँखों ने लूटा आँखों की भाषा को, फिर भी ना भटकी सच्चाई, तेरे रूबरू ये भी इक पल है प्यार के परिपक्व का।

☺☺☺

इबादत

मोहब्बत नूरे इबादत है, कहीं दिया तो कहीं बाती है, फिर भी कहलाती बेचारी है। आँखों से छू ले, सिर्फ मोहब्बत में ये जुनून है, इतिहास का सुरूर है। कुछ खो कर पाने की वजह अब समझ आती है। अभी भी बाकी था मेरी रजा का अंदाज, जो दूरी में भी जिंदा था तेरा ही एहसास। मनचाहे इरादों की लगती मंडी यहाँ, ये कोहराम है खतरे से बड़ा। कल की आस का फुलवारी है इक धुआँ, ध्वनि का सुर साजों से जा मिला। सजा-ए फरिश्तों ने भी झंडे गाड़े, यही फख्र है सबसे बड़ा।

☺☺☺

खजाना

इच्छाओं का दौर ना नया, ना पुराना, फिर भी लालच का है खज़ाना। सभी में है ये, ये भी है इक सच्चा आईना। पैसा ही सब कुछ नहीं, बहुत कुछ ऐसा चाहना होता है जिसकी हम कल्पना तो करते हैं मगर उसे पाने का प्रयास नहीं। और उसे पाने के लिए ना जाने क्या-क्या कर बैठने को तैयार हो जाते हैं। अच्छा है मगर पागलपन की हद तक कुछ भी करना अपना ही नुकसान है, जिसमें इंसान खुद ही को चोट पहुंचाता है।

काल्पनिक चीजें कल्पना में ही अच्छी लगती हैं।

☺☺☺

तांडव

तबाही का तांडव संयम से मंगल, महत्त्व का पासा पलट कर सुलझा। ना तराशा, ना सजाया, मिलावट में भी दगा ही नजर आया। दरारों का आलिंगन आलापों से घिरा, घिराव का आंकड़ा अवहेलना करता नजर आया और आँखों का झरना भी मिलावटी ही नजर आया। मोहब्बत की भाषा सबसे आसान, कभी तेरी कभी मेरी पहचान, बाकी सब कारनामा। समुद्र भी शांत था। लहरों से उसको प्यार था, एक आँधी ने कर दी तबाही, बिखरे वादे और अकेली मैं चिल्लाई।

☺☺☺

कायनात

इश्क की गुस्ताखियाँ गलितयों से भरी थी, फिर भी गलत नहीं, यही कायनात कहती थी। घमंड चकनाचूर होगा, इश्क सदा इतिहास रचेगा। रंगों को बिखरने दो, प्यार पनपने दो, रूह में बसे चेहरे को रंगीन तो होने दो। दो दिन की गुफ्तगू, फिर कौन किसे सुलझाएगा, यही है रंज। इसी रूहानी इश्क की सादगी को सदा तरसते रहेंगे हम। प्यार से प्यार का नाता गहरा, तभी कोई अपना लगता, जब दिल और दिमाग दोनों का झुकाव बराबरी का होता है, वरना प्यारा तो हर दूजा होता, फिर प्यार कहाँ पावन रहता। ☺☺☺

मंडप

ओस की बूँद पानी से कम, मंडप का ताज दिल का हर राज, उलझनों का तोड़ झुकाव की ओर, मुस्कुराने की अदा बनी खताओं की वफा। हैरानी का मंजर भी धीरे-धीरे बदलने लगा। तुलना ना करना चाहता कि अपनी प्रिया नाराज हो जाएगी, नाजुक है बड़ी इकरारे राज़ का सफर, इजहार में कब बदला। मेरा महबूब ही जन्नत है, चाहे वो जहन्नुम से बद्तर लगा। जिसे कभी ना बदल पायी मैं। हाय री मोहब्बत, तेरी होकर भी तेरी हो ना पायी मैं।

☺☺☺

दिवानगी

कल की दिवानगी मेहमान थी, आज मेहरबानी लगने लगी। मोहताज हर आशिक यहाँ, जो रहती हर पन्ने की अधूरी दास्ताँ। तू दीदार हर सवेरे का, दिल से जुड़ी हर धड़कन का, जो जुड़ गया वो प्यार, जो टूट गया वो कहर, फिर भी इतिहास मुस्कराने की वजह दे गया। शाम की आग का गोला भी सृष्टि को नया चोला पहना गया और सूरज के नाम से सभी को स्वीकृति दे गया। सच से संगम और साहित्य से आलिंगन दोनों का प्रतिरूप समझा गया।

☺☺☺

अनदेखा-2

उसका छूना कैसे अनदेखा करती, करवट बदलना हर घड़ी की आदत थी, जो दिलासा मुझे ही दे रही थी। बार-बार वक्त को भी देखा, चक्र से चक्रव्यूह भी रचा। इतिहास साक्षी है, इंसानियत नियति का प्रमाण है, फिर भी प्यार नाशवान है। कई पहलू हैं जो मोह से बंधे हैं, जो न बंधे वो बंधन कहलाए, यही तो सृष्टि का समाधान है, जो मुश्किल होकर भी सरल है। प्यार से प्यारा हर रिश्ता, सच्चा होकर भी सच से दूर चलता है, चलता रहेगा और समय दर समय अपना दायित्व भी बदलता रहेगा।

☺☺☺

किनारा-2

प्यार की गरिमा गैर होकर भी गिरवी ही लगती है। प्यार जब फासलों पर होकर प्यार का ही इंतजार करता है, उसे परवान का दर्जा देने का मन करता है। कमियों के बावजूद भी कसक का तमाशा चलता ही रहता है, फिर भी दुनिया का दस्तावेज वही का वही रहता है। राहत का किनारा कोने में होकर भी कशिश ही कहलाता है। कर्कश और कलाकारी दो महत्त्वपूर्ण शैलियाँ हैं, प्रेम को या तो अपना बना लो या सबसे कट जाओ।

☺☺☺

अंदाज-2

ज़माने की लाचारी ने जब-जब लताड़ा अकेला हो कर भी मन बस धड़कने से बाज़ नहीं आया। बासीपन जीवन का खेलता और खिलता ही नज़र आया। हर माहौल में खुशनुमा वातावरण भी जरूरी है, जीवन की सच्चाई और रुसवाई दोनों इसी में शामिल हैं। अपने को बदलना ही सबसे बड़ा परिवर्तन है, फिर भी कहीं ना कहीं अनदेखी गलतियाँ हैं। पता नहीं मुझे ऐसा लगता है या मेरे सोचने का अंदाज यही है।

सहलाते हुए कदमों ने फिर आहट किया और शोर मचाया, दिल की धड़कन थमी और भावविभोर भी हुई। कुछ लम्हे थम गए, फिर लगा शायद कुछ होने को है नया। नायाब जीवन का तोहफा शायद नई सुबह को आया है रंगने, मगर फिर भी निकला बेचारा। कुछ पाकर उसे हासिल ना करने की सजा, यही तो है जीवन के एक रूप का हिस्सा। कभी तू बदला तो कभी वक्त बदलता है, हर निचोड़ का हल और नजरिया बदलता ही नज़र आया।

☺☺☺

फरमान

तेरे ही पास थी मैं और तुझे एहसास भी ना हुआ। ब्याज का प्यार ऋण चुकाने को आतुर हुआ, अनजाना तीर ताकत से अलग है। जमाने का वार हर तलवार से भारी। जलवों का याराना प्यार से अनजाना हुआ। हर बार प्यार को ठुकराना मेरी आदत बनती गयी। सैकड़ों की पारी लाखों से प्यारी लगी, फरमान दिल का दुहाई से जा मिला। दगाबाज़ इबादत ईमान से हारी, बस यही पारी मुझे हराने लगी और मुझे भी बड़ी हैरानी हुई।

☺☺☺

शक

हर शरारत पर बस लगता है ठप्पा किसी का, खुद की नीयत पर शक ना हुआ मुझे। तौहीन तनहाइयों की तारूफ तेरा माँगने लगी। अंकुश किस पर और क्यूं, इन सबका तो पता नहीं, आसान है मंजिल जब हिम्मत में कमी नहीं। हिलोरें लेने की आदत हिचकियाँ दिलाने लगी। तू कुछ कहता है तो दिल बेकरार रहता है, तू धीरे-धीरे जुड़ता है, लगाव तुझसे वाजिब है। लाजवाब हंसों का जोड़ा ना जाने कब एक होगा। दिल बार-बार यही सोचने लगता है।

☺☺☺

व्याभिचार

वो आँखों से दूर था, मगर दिल के करीब था। कल का साया सैलाब से अछूता था। छूने की अदा, फरमान फरिश्तों का, फरार होने लगा था। फुहारों की रिमझिम झनकारों की झिलमिल। रातों का कारवाँ कर्ज से जा भिड़ा था, बस यही सार तो सराहनीय लगा। मोहब्बते सार संसार के पार साहस का ताज, फिर भी बिंदास, बेलगाम मनसूबों से लबालब विचार। प्यार सलाहकार, प्यार से बढ़कर ना कोई दावेदार, फिर भी दिल बिकते हैं, सरे बाजार ये कैसा है व्याभिचार।

☺☺☺

BEST SELLING TITLES OF GPH

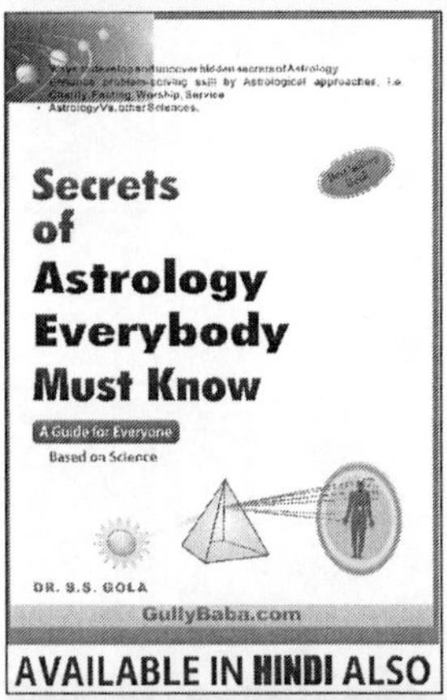

Those Powerful Moustaches Thumkas and Poor Me!!!
Shakti Dwesar Sharma
...AND A STAR IS BORN
The Inspiring Journey of the Celluloid Actors
DINESH VEERMA
मोहब्बत-ए-सच
वंदना गिरधर
Bindas Mantras
ENHANCE YOUR SKILLS
PRE-SCHOOL CHILD
MAKE YOUR CHILD RESPONSIBLE CITIZEN
DINESH VEERMA
'Enhance Your Child' Series
Parents I need You, Now I am Adolescent
A Guide to Parents
DINESH VEERMA
EnhanceYourChild.com
Secrets to Give Your Kids Great Science Education
A Guide to Parents
EnhanceYourChild.com
'Enhance Your Child' Series
IGNITE Your Child's MATH Learning
A Guide to Parents
ANITA VERMA
EnhanceYourChild.com
I Want My Child's Success in School
A Guide to Parents
EnhanceYourChild.com
DINESH VEERMA
Many ways to develop, un-cover and discover History Skills in your Kids.
Who Wants to Teach Their Child History?
A Guide to Parents
Discover Simple, Super Effective Ways to Make Your Child a Reader
A Guide to Parents
GPH PANEL OF EXPERTS
EnhanceYourChild.com